우리 가족은

꽤나 진지합니다

우리 가족은
꽤나 진지합니다

봉태규
에세이

더 퀘스트

감사합니다.
첫 페이지부터 마지막 페이지까지
잘 부탁드립니다.|

나의 iPhone에서 보냄

## 원
## 지

자신이 가장 좋아하는 사진으로 안정적인 직업인이 되기를
바라는 작가다. '하시시 박'이라는 예명으로 더 많이 알려져 있다.
결혼을 했으며 아이가 둘 있다. 결이 고운 마음을 가지고 있지만
의도적으로 드러내기를 꺼려하는 경향이 커서 처음 보는 사람들은
차갑다고 오해하기도 한다. 마음에 없는 소리는 천성적으로 못 하는
성격이라 빈말은 절대 못 한다. 배우자인 내가 객관적인 의견을
구할 때 제일 신뢰하는 사람이다.

## 본
## 비

8개월 된 여자아이다. 발육이 빠르고 먹는 걸 좋아한다.
엄청나게 민첩한 속도로 기어 다닌다. 특히 오빠의 장난감을 향해
기어가는 속도는 움찔 놀랄 정도로 어마어마하다. 아직 속 깊은
대화는 못 해봤지만 몇 개월 안 된 본인 처지에도 가족을 배려하는 게
느껴져서 가끔 짠할 때가 있다. 방긋 웃을 때가 정말 사랑스럽다.

## 시
### 하

5세 된 남자아이다. 뜻하지 않은 동생의 등장으로
본인 인생에서 가장 질풍노도인 시기를 겪고 있다.
쑥스러움이 많지만 본인 감정에 대해서는 아주 솔직하게 표현한다.
'즙 마니아'로 평상시에 각종 즙을 아주 즐긴다.


## 나

직업은 연예인이다. 주로 연기를 하지만 글도 쓰고
팟캐스트도 진행했다. 신비주의는 아니었지만 개인 사정으로
10년 가까이 연예 활동이 뜸했다. 요리 하기를 좋아하고
커피 마시면서 수다 떠는 것을 아주 즐긴다.
할 말 많고 사연 많은, 그냥 그런 사람이다.


## 그
### 외

아버지, 엄마, 누나들, 장모님, 장인어른, 매형 등.

# 차례

태 시 본
규 하 비
  와 와

본비와

시하와

태규

# 무슨 말이 필요해

우리 가족은
꽤나 진지합니다

결혼을 하고 난 후 가장 큰 고민은 이거였다.

'과연 좋은 아버지가 될 수 있을까?'

원지와 결혼을 반드시 해야겠다고 생각은 했지만 반드시 아버지가 될 거라는 생각은 하지 못했다. 당시의 내 감정과 마음은 원지 한 사람만으로도 용량이 초과한 상태라 다른 생각이 비집고 들어올 수가 없긴 했다. 그러다 임신 소식을 듣게 되었고 갑작스럽게 아버지가 될 준비를 하였다.

엉뚱하지만 아이를 안으려면 팔뚝이 두꺼워야겠다 싶어 팔 운동을 열심히 했으며 지금보다 중후한 목소리를 내야 아이에게 신뢰감을 줄 수 있을 거란 생각에 "음. 아." 하며 낮은 목소리 톤을 연습하기도 했다. 모두 다 아무짝에도 쓸모가 없었다.

책도 엄청나게 찾아서 읽었다. 유럽식 육아나 자녀교육법을 다룬 책은 다 훑어보았는데 프랑스 육아법은 요긴하게 써먹을 때도 있었지만 대부분 우리나라의 현실과 맞지 않아 크게 도움이 되지는 않았다. 다만 유럽에서 아이를 대하는 태도는 확실히 오랜 기간 교육하고 쌓아온 만큼 남다른 부분이 많았고 아직까지도 감명 깊게 남아 있다. 아이를 나와 동등한

존재로 인정하고 신뢰하며 아껴준다는 자세는 내가 아버지가
된다면 반드시 지켜야 할 기본이라고 생각했다.

　시하가 태어나고 가장 먼저 담당 간호사에게 '아버님'
이라는 호칭을 들었다. 뭔가 움찔하며 바짝 긴장했던 기억이
있다. 그리고 세상에 태어난 아이를 위해 가장 먼저 해야 하는
선택에 놓였다. 예방 접종을 위한 주사기 선택이었다. 하나는
의료보험이 적용되어 많이들 사용하는 주사기. 다른 하나는
의료보험이 적용되지 않아 10만 원 가까이하는 주사기였다.
10만 원짜리 주사기는 필터가 있어 유리 앰풀을 부러뜨렸을 때
혹시라도 섞일지 모르는 이물질을 걸러준다고 했다. 간호사는
나를 연신 '아버님'이라 부르며 친절하게 부연설명도 해주었다.
　"어느 쪽을 선택하셔도 크게 상관은 없습니다. 그렇지만
이전에 유리 앰풀에서 미세하게 유리 가루가 들어가는 사고가
있어서요. 또 그럴 확률은 매우 작지만 그래도 혹시 모르니까요.
물론 그냥 주사기 쓰셔도 대부분은 이상 없습니다. 선택은
보호자이신 아버님이 하시면 됩니다."

　'좋다는 이유에 현혹되어 장난감을 너무 쉽게 사주지
말아야지. 아이는 금방 자라니 옷가지들은 저렴하고 오래 입을

수 있는 걸로 선택해야지. 비싼 걸 사면 아주 큰 사이즈를 사서
한참 동안 입히고 또 입혀야지. 속물이 되지 말자. 그런 모습을
가장 경계하자.'

　　어떤 아버지가 될지 고민했던 내용이다. 우리나라는 사는
지역이나 주거 공간으로 계급이 나뉘는 것 같다는 생각에서
시작된 고민이었다. 금전적인 부분에 사람들이 가장 예민하게
반응하는 것 같아 아이 앞에서는 금전적인 부분에 연연하는
모습을 절대 안 보여주리라 다짐했다. 당연히 자신은 없었다.
나는 이미 사회에 길들여진 인간이라 이런 아버지의 모습은
이상에 가까웠다.


　　이상적이라고 생각한 아버지에 가까워지려면 의료보험이
적용되는 주사기를 선택하는 게 맞다. 간호사 말대로 대부분
이상이 없다고 하니까. 그렇다면 의료보험료 내는 혜택을
받아야지. 머릿속에서는 이게 맞다고 수백 번 메아리치며
온몸을 돌아다니고 있었지만 선뜻 결정을 내릴 수 없었다.
'혹시'라는 아주 작은 불안이 나를 망설이게 하였다.

　　'그래, 태어나서 처음 맞는 주사인데 그깟 돈 몇 푼 때문에
시하를 불안하게 할 수 없지. 그래, 처음인데…….'

의료보험이 적용되지 않는 주사기를 선택하였다. 아이를 신생아실에 맡기고 원지를 보러 가는데 참 많은 생각이 들었다. 안전의 문제를 고려한 결정이 아니라 내 능력을 시험하는 평가처럼 느껴졌다. 아버지가 되었으니 이 정도 금액은 감당할 수 있는지 한 번 보자는 것 같은 이상한 속상함이 작지만 무거운 추가 되어 마음에 조용히 가라앉고 있었다.

아주 어릴 때부터 가정 형편이 넉넉하지 못했다. 열심히 사시는 부모님의 수고와는 별개로 나는 항상 부족하고 아쉬운 게 많았다. 운동화가 한 켤레밖에 없어서 일 년 내내 비에 젖든 더러워지든 밑창이 다 떨어질 때까지 그것만 신어야 하는 것이 너무 지루하고 지쳤다. 우리 부모님은 어릴 때 자주 아팠던 나를 데리고 병원에 갈 때마다 어떤 기분을 느끼셨을까?

지금 떠오르는 기억은 고열이 나 급하게 응급실에 실려 갔던 것이다. 전에도 여러 번 방문했던 종합병원이라 내 차트를 확인하던 의사가 혹시 모른다며 백혈병 검사를 권했다. 청천벽력 같은 소리를 들은 아버지는 멍하니 계셨는데 그 때 의사가 선택 거리를 던져주었다.

"아버님, 여기는 응급실이라 병원비가 더 많이 나옵니다.

보험이 적용되지 않는 것도 있고요. 아드님이 너무 자주 아파서 검사를 권해드리는데 물론 백혈병이 아닐 수도 있어요. 부담이 되시면 오늘이 일요일이니까 내일 아침에 일반 진료로 검사를 예약하셔도 됩니다. 시간은 더 걸리지만 보험이 돼서 부담이 덜 하실 거예요."

고민을 하셨는지 안 하셨는지까지는 모르겠다. 어쨌든 그날 응급실에서 백혈병 검사를 했고 다행히 아무 이상이 없었다. 택시를 타고 돌아오는 길에 아버지는 안도의 한숨을 내쉬고 열이 나는 내 머리통을 연신 쓰다듬어주셨다. 그 마음이 어땠는지 이제 짐작이 간다. 당시 아버지 형편에 분명 부담이 되는 진료비였을 것이다. 그러나 그것보다 더 중요한 감정이 아버지를 감싸고 있었던 것 같다. 얼마를 지불해도 내 아이가 건강하고 아버지인 내가 보살펴줄 수 있다는 안도감 말이다.

장인어른과 장모님이 원지와 시하를 보기 위해 병원에 오셨다. 신생아실 유리창 너머로 온 가족이 곤히 잠들어 있는 시하를 경이로움을 담아 쳐다보고 있었다. 장모님께서 나에게 '아빠가 한 번 불러보라'고 재촉하신다. 쑥스럽기도 하고 입이 잘 떼어지지 않았다. 아주 어렵게 "시하야……." 하고 불러봤다. 별다른 반응이 없었다. 다시 한 번 불러보라는 장모님 말씀에 "시하야, 아빠야." 하고 다시 한 번 불렀다. 신기하게도 끔뻑이면서 눈을 뜨기 시작했다.

"아빠야, 아빠. 시하야, 내가 아빠야."

그래, 이거면 충분하구나.

# 지금이 좋다

우리 가족은
꽤나 진지합니다

그 녀석이 내뿜는 사람다움이 처음엔 당황스러웠다.
무턱대고 시비를 거는 것 같기도 하고 가끔은 성격이 너무
고약해 '이건 누구라도 손 쓸 수 없겠는걸.' 하고 혀를 끌끌 찼던
적도 여러 번이다. 그런 녀석에게 내가 해줄 수 있는 게 없을까
한참을 고민해도 딱히 명확한 해답을 찾지 못했다.
그저 기다려주고 들어주는 수밖에.

말보다는 몸으로 부르짖는 녀석을 보고 있자니 어느
순간부터 조금씩 마음에 동요가 오기 시작했다. 그래, 본래
인간이란 언어와 상관없이 몸으로 부딪치며 자신의 의사를
전달하지 않았던가. 진화를 거듭해 언어가 생기고 말이
유통되면서 대화를 나누게 된 지금의 우리가 존재하지만,
태초의 사람은 말과 언어가 아닌 몸짓으로 모든 의사소통을
했었다.

그 생각을 하면서부터였을까? 녀석의 모습이 보기
좋아지기 시작했다. 원초적인 사람다움이 내 눈에 밟혔다.
나는 이제 적당히 나이가 들었기에 녀석처럼 온몸으로 내지르는
보기 좋은 본능을 다시 갖기 어렵다. 그 밑도 끝도 없는 모습이
한편으론 부럽기도 하다. 녀석이 가진 순수함이 무척 멋지다고

감탄하게 된다.

있는 그대로 소리 지르고 땀 흘리고 웃고 울고 자신을
보이는 대로 받아들이고……. 단순하고 쉬워 보이지만 지금의
나에겐 도무지 어려운 일이다. 이미 나는 사회화가 몸에
배어 온전히 나에게 집중하기보다는 주변을 더 신경 쓰도록
진화된 생물이 되어버렸다. 그러고 보니 내 감정에 솔직했던
게 언제인지 기억이 아득하다. 보이는 걸 그대로 바라본 게
언제인지 떠오르지 않는다. 있는 그대로의 나를 인정하고
똑바로 쳐다본 적은 있는지…… 솔직히 모르겠다.

드러내지 않는 것, 감추는 것이 성숙하고 어른스러운
자세라고 크게 착각하며 살게 됐다. 본디 사람이란 당연히
실수투성이 아닌가? 조금 모자란 부분에서 멋이 나오는
건데……. 어릴 적 읽었던 〈바보 온달〉이 큰 교훈을
가르쳐줬는데 잊고 있었다. 모자라도 괜찮다. 누군가 빈 곳을
채워줄 수 있으니 말이다. 그러려면 좋아하는 사람에게 나라는
사람은 부족하고 모자란다고 맘껏 부딪치며 울부짖을 줄도
알아야 한다. 그래서 녀석이 더 부럽다. 아니 솔직해지자.
어금니를 꼭 깨물 정도로 질투가 난다.

내가 온몸으로 부르짖고
부딪쳤을 때 그것이 비로소
언어가 되어 상대의 마음에
진심이 전해진다.

영화 〈록키〉가 생각난다. 록키가 힘든 역경을 이겨내고 시합을 끝낸 뒤 사방을 둘러보며 첫 번째로 한 행동. 온몸의 힘을 쥐어짜며 했던 그의 몸부림은 바로 연인이자 은신처인 에이드리언의 이름을 소리쳐 부르는 행위였다. 왜 그 장면이 어릴 때부터 그토록 생생하게 기억나는지 이제야 천천히 깨닫는다. 나라는 존재는 온전히 반쪽짜리일 수밖에 없다. 록키도 온몸을 깎는 혈투를 치르면서 비로소 알게 되었을 것이다. 내 부족함과 모자람이 챔피언 벨트에는 닿지 않을 수 있다고. 하지만 진심을 다한 내 마음만큼은 그녀에게 꼭 전달해야 한다고. 내가 모자라고 부족해서 비록 경기는 졌지만 나의 권투는 진심이었다고.

내가 온몸으로 부르짖고 부딪쳤을 때 그것이 비로소 언어가 되어 상대의 마음에 진심이 전해진다. 긴말은 필요 없다. 숨이 막히도록 "에이드리언!"을 외치고 그녀 품에 안기며 거친 호흡을 내뱉는 것으로 충분하다, 두 사람의 교감은.

《슬램덩크》의 강백호가 농구는 전혀 할 줄도 모르면서 농구부에 가입하기 위해 무턱대고 주장인 채치수와 대결하고 전국대회에 출전해서 자기 몸이 부서지도록 부상을 입으면서도

"내 영광의 시대는 지금"이라며 경기를 포기하지 않았던
이유를 생각해본 적 있는지? 강백호도 알았던 것 같다. 천재라
우겨대던 자신이 얼마나 모자라고 부족한지, 말뿐인 자신이
얼마나 바보 같았는지. 크게 부상을 당하고 나서야 무의식
속에서 진심이 튀어나온 것이다. 농구를 시작하고 그제야 겨우
자신의 마음이 새어 나온 것이다.

　　28개월 된 녀석은 하루에도 몇 번씩 록키처럼 온몸을
다해 나에게 진심을 전달한다. 언어가 아닌 몸으로 사력을
다해 자기 마음을 나에게 전달한다. 그러다 지치면 에이드리언
품에 안긴 록키처럼 거친 호흡을 내뱉으며 눈물을 글썽인다. 그
마음이 어떤지 나도 안다. 이제는 나도 성숙해졌으니 그 마음을
이해한다. 무엇이든 조금이라도 뜻대로 되지 않을 때, 녀석은
부상당한 록키처럼 납작 엎드려 자신의 부족함을 울부짖는다.
그러다 벌떡 일어나 무의식 속의 진심을 얘기한다.
　　"까까!"

　　너무나 뜬금없는 고백이지만 난 당황하지 않는다.
이 녀석의 마음이 어떤지, 몸으로 울부짖은 그 언어가
무슨 뜻인지 알기에. 이 녀석에게 나는 에이드리언이다.

그것만으로도 얼마나 다행인지 모른다. 아직은 아빠보다
에이드리언이 되는 게 더 좋다.

# 하와규

우리 가족은
꽤나 진지합니다

언제부터였을까? 정확하게 기억은 나지 않지만 시하의 떼가 많이 늘었다. 시하가 26개월이 되면서부터였던 것 같은데, 이사 때문에 에어비앤비로 작은 집을 빌려 숙소로 사용하던 즈음인 걸로 기억한다.

아이들은 달라진 환경에 굉장히 예민하다. 더군다나 시하는 주어진 환경을 면밀히 관찰하고 본인이 충분히 파악했다고 생각을 해야 안심하는 아이다. 관찰력이 좋은 아이가 바라봤을 때 당시 머물렀던 숙소는 분명 집이 아니었다. 그렇다고 여행을 온 것도 아니니 시하 입장에서는 아주 이상한 곳에서 알 수 없는 이유로 살게 된 것이다.
그 부분이 많이 불안했나보다. "이사 갈 집이 공사 중이어서 그 전에 잠깐 머물러 있는 거야"라고 아무리 설명을 해도 시하가 받아들이기에는 도저히 이해할 수 없는 상황이었을 것이다.

생각해보면 시하는 살아온 삶이 이제 2년 갓 넘은 아이다. 몇 십 년을 더 살아온 내가 그런 아이에게 살면서 벌어지는 복잡한 일들에 대해 너무 당연하게 설명할 때가 있다. 시하의 보호자가 되고 종종 착각하는 것 중 하나다. 아이들이 어른의 말을 못 알아듣는 이유가, 나이가 어리고 미숙하기 때문이라는 착각. 살아온 삶이 짧은 아이들은 그저 자신이 경험하지 못한 것을 모르는 것뿐이다. 직접적으로든 간접적으로든 경험하지 못하면 당연히 모른다. 이사를 하는 것도, 인테리어 공사를 하는 것도 시하는 전혀 모르는 영역이다. 이해하고 싶어도 다다를 수가 없다. 경험한 적이 없는 일이니까. 이런 아이에게 이해를 구하고, 못 알아듣는다고 속상해하고 서운해하다니…….
역시나 가장 이기적인 건 언제나 나다. 아이의 보호자가 되어도 날 먼저 보호하고 있었던 것이다, 나쁘게도.

예민해진 시하는 자주 짜증을 내기 시작했다. 어떨 때는 도저히 손을 쓸 수 없을 정도로 화를 내기도 했다. 몇 번을 토닥여주고 달래주었지만 새벽에 잠을 자다 갑자기 떼를 쓰는 아이를 견딜 수가 없어서 한 번은 그만 크게 화를 내고 말았다. 당시 드라마 촬영 중이었던 터라 잠을 충분히 자지 못해 멀쩡한 컨디션은 아니었지만 화를 내는 아이에게 더 큰 화를 내다니 명백한 잘못이었다. 아빠인 내가 덩치도 몇 배나 크고 목소리도 훨씬 크다. 일방적인 화풀이였다. 당연히 상황은 나아지지 않았다. 시하는 놀라서 더 크게 울고 나는 아빠로서 몹쓸 짓을 했다는 죄책감을 얻고 말았다.

살면서 처음 느끼는 종류의 죄책감이었다. 물론 30년 넘게 살아오면서 크고 작은 잘못을 저질렀다. 아무런 상처 없이 지나간 적도 있고 스스로 엄청나게 자책을 하며 후회했던 적도 많았다. 하지만 이번에 시하와의 일로 느낀 죄책감은 질이 달랐다. 가장 비싼 물건을 높은 이자로 돈을 빌려 덜컥 사버린 기분이었다. 너무 비싸서 나에게 어울리지 않는데도 이걸 구매하느라 평생 갚을 수 없는 빚만 잔뜩 짊어진 느낌이랄까……

마음이 한동안 가라앉았다. 원지에게 더 미안했다. 임신 중이라 누구보다 예민한 상태였는데 사지 멀쩡한 내가 더 예민하게 굴며 꼬라지를 부렸으니. 부부는 같은 팀이다. 어떤 플레이를 하던 이타적인 마음이 가장 중요하다. 특히 아이를 키우는 과정에서는 끊임없이 상대를 배려해야 겨우겨우 헤쳐 나갈 수 있다. 그런데 내가 가장 이기적인 방법으로 팀플레이를 깨버렸다. 나 혼자 느꼈던 죄책감의 무게와는 상관없이 가장 가볍고 손쉬운 방법으로 원지 마음을 도려낸 꼴이 된 것이다. 무엇을 할 수 있을까? 사실은 할 수 있는 게 없다. 사과를 하고 앞으로는 그러지 않겠다는 말은 너무나 당연하기에 그건 무엇을 했다고 할 수 없다. 모두가 상처를 받았다. 민망하게도 그 일을 저지른 나조차도.

　　시하를 키우면서 아빠로서 잘못된 나의 행동이
원지에게도 영향을 끼친다는 무서운 사실을 확인하게 된다.
아이와 나와 원지가 하나로 연결된 유기적인 존재라는
걸 꼭 이렇게 저질러버리고 나서야 확인한다. 한 가정의
구성원이 된다는 건, 결혼하고 법적인 절차를 밟고 국가의
허락을 받았다고 해서 자격이 주어지는 게 아니다. 내가 다른
구성원들의 상태를 먼저 헤아려줄 수 있는가, 나의 상태를
맨 마지막으로 놓아둘 수 있는가……. 이것도 그나마 최소한의
조건이다.

　　남편이 된다는 것, 아빠 된다는 것에는 어떤 의미가
있을까? 생각해보니 내가 아주 큰 착각에 빠졌다는 것을
깨달았다. 원지와 결혼하고 시하가 태어난 것으로 저절로
아빠와 남편이 된 줄 알았다. 내 스스로 자격을 부여한 꼴이
된 것이다. '아빠입니다' '남편입니다'라는 말은 마치 어떤
사기꾼이 사무실만 덜렁 하나 임대하고 '대표입니다'라고
얘기하는 것과 비슷하다. 내가 사기꾼이 아니라는 사실 하나가
그나마 위안이 된다고 할까?

나는 시하와 나를
'부자'라고 얘기하지 않는다.
'콤비'라고 표현할 때가 많은데
실제로도 그러면 좋겠다.

시하는 새 집으로 이사하고 나서도 한동안 본인의 불편한 마음을 온몸으로 표현했다. 어쨌든 나는 사기꾼이 아니므로 열심히 시하에게 명함을 건네고 내가 생각하는 사업을 정성껏 설명했다. 물론 눈치 빠른 시하는 누가 봐도 명함만 대표인 엉성한 나를 웃으며 맞이해주지는 않았다. 어떨 땐 눈도 안 마주치고 나를 보려고도 하지 않았다. 그렇게 매몰차게 몰아내도 나는 포기하지 않고 시하를 끈질기게 설득했다.

그래서일까? 지금 시하는 나를 파트너로 인정해주고 있다. 물론 아직도 의심은 품고 있겠지만 그래도 내 얘기에 귀를 기울여준다. 무엇보다 더 이상 나를 피하지 않는다. 내 사업이 번창할 것 같아서라기보다는 최소한 내가 사기꾼은 아니라는 믿음이 크기 때문이다.

나는 시하와 나를 '부자'라고 얘기하지 않는다. '콤비'라고 표현할 때가 많은데 실제로도 그러면 좋겠다. 마음이 맞으면 같이 하고, 화가 나면 싸우기도 하고, 도저히 안 되겠다 싶으면 찢어지기도 하고, 그러다 생각나면 또 만나서 함께 하고……. 적어도 내가 사기만 치지 않는다면 이 파트너십은 꽤 단단할 것이다. 그러니까, 나만 잘하면 된다.

# 남자아이,
# 여자아이

우리 가족은
꽤나 진지합니다

누군가는 나에게 그렇게 얘기합니다. 시하가 아들인지 딸인지 모르겠다고. 누군가는 나에게 또 이렇게 얘기합니다. 남자아이 머리가 이게 뭐냐고. 남자아이 머리는 짧게 잘라야 남자답고 예쁘다는 거죠. '남자답게'라면서 예쁘다는 표현은 빠지지 않더라고요. 다른 누군가는 '사내아이가 계집아이처럼 하고 다니면 큰일 난다'고도 얘기합니다. 처음에 들었을 땐 뭐가 큰일이라는 건지 의아했습니다. 성격이 소심해질 수 있다는 등 대부분 부정적인 이야기들이었습니다. 다시 의아해졌습니다. 남자아이가 성격이 소심한 거랑 여자아이처럼 하고 다니는 거랑 무슨 관계가 있는 걸까⋯⋯.

시하는 핑크색을 좋아하고 공주가 되고 싶어 할 때도 있습니다. 그런 시하를 저는 응원하고 지지해주려고요. 중요한 건 사회가 만들어놓은 어떤 기준이 아니라 시하의 행복이니까요. 참고로 저도 핑크색 좋아합니다. 누군가는 남자가 무슨 핑크색이냐고 하겠지만 그래도 예쁜걸요.

이번에는 내가 물어볼게요.
"남자답게 키우는 건 뭐고 여자답게 키우는 건 뭔가요? 그냥 시하답게 키우면 안 되나요?"

남자답게 키우는 건 뭐고
여자답게 키우는 건 뭔가요?
그냥 시하답게 키우면 안 되나요?

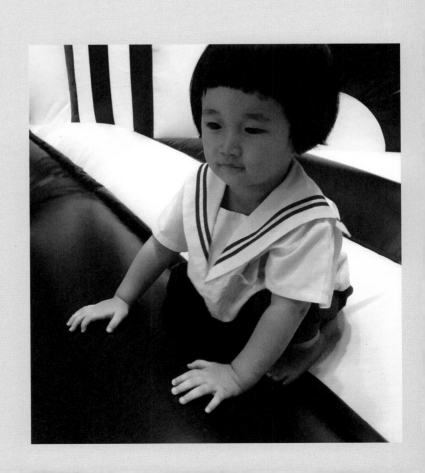

머리가 길든 옷이 핑크색이든 뭐든 시하가 좋아하면
나는 만족합니다. 성별은 부모가 만들어주는 게 아니라 자연의
섭리에 따라 타고나는 겁니다. 그렇지만 편견은 누군가가
억지로 부여하는 거예요. 그렇기 때문에 아주 폭력적이고요.

난 우리 시하를 남자 혹은 여자라는 이분법에 가두고 싶지
않습니다. 그냥 시하가 하고 싶은 것, 되고 싶은 것을 지지하고
응원하려고 합니다. 그게 무엇이든 말입니다. 그래야 시하가
좋은 사람이 될 테니까요. 물론 저도요.

# 아주 허무맹랑하고
# 황당한 친구

우리 가족은
꽤나 진지합니다

'진심으로 우정을 나누는 친구가 있는가?'

한때 나에게 가장 큰 화두였다. 그 생각을 했던
시기가 아버지가 사고로 돌아가시고 연예인으로서 경제적인
능력치가 최저일 때라 더 그랬던 거 같다. 힘든 일이 많아지면
외로움이라는 공기가 내 주변만 감싼다. 눈치 챌 틈도 없이
내 몸 깊숙이 외로움의 공기가 짙게 밴다. 공기에 외로움이
더해지면 그 무게가 몸 안에 차곡차곡 적재된다. 응? 하고
눈치를 챌 즈음이면 성실하고 빈틈없이 쌓인 외로움의 무게가
비로소 현실감 있게 느껴진다. 누군가는 그 외로움을 덜어내기
위해 끝없이 사람들을 만나 감정을 쏟아낸다지만 난 어떤 일을
대처할 때 그리 적극적이지 않기에 그저 묵묵히 하루를 견뎌낼
뿐이었다.

더 이상은 참지 못해서였을까? 어느 날 가장 친한 사람이
누구인지 뒤지기 시작했다. 친함의 기준이라는 것도 없이
무작위로 떠오르는 누군가를 평가하고 감별하기 시작한 것이다.
'감'이라는 비과학적이고 개인적인 기준에 100퍼센트 의지한
채로. 이미 예민해질 대로 예민해진 나에게 가장 친한 사람이란
거의 존재하지 않았다. 추려내면 추려낼수록 그들에 대한
섭섭함만 커졌다. 딱지가 떨어져 선홍색 속살이 훤히 보이는

상처투성이 마음에 소금을 뿌린 셈이었다. 그럼에도 얼마나 더 아플 수 있나 변태처럼 수치를 재고 있었다. 속으로 '더! 더!! 더!!!' 허공에다 100을 외쳐대면서.

문제는 그게 아니었다. 100이 내가 원하는 최고치가 아니었다. 나는 그 이상을 바라보고 스스로를 괴롭히고 있었다. '진짜 친구 찾기'라는 목적을 잊어버린 채 그저 내가 버려졌는지 아닌지 확인하는 것에 집착했다. 이정도면 거의 자해 수준이라 할 만했다. 비과학적이고 개인적인 필터링은 더 매섭고 까다로워졌다. 천하의 우정을 나눈 오성과 한음도 내 기준을 들이댄다면 단박에 갈라서야 할 지경이었다. 누구도 나와 친하지 않았다. 친구라 부를 수 있는 사람은 존재하지 않았다.

누군가와 우정을 나누고 관계를 지속하는 건 어렵고 까다로운 문제다. 시간과 세월을 길게 두고 마음을 나눈다고 해서 감정의 깊이가 저절로 생기는 것이 아니다. 나를 꽤나 괴롭혔던 비과학적이고 개인적인 친구 구별법은 이랬다. 내가 어떤 사람이더라도 상관없이 한결같은 사람, 내가 어떤 말을 던져도 상처받지 않는 사람. 허무맹랑하기 짝이 없는 이 두 가지 기준에 통과하는 사람은 없다. 나처럼 이기적인 인간과 대체 누가 친구 하고 싶을까? 내가 딱 그랬다. 아무도 친구 하고 싶지 않은 상태의 인간.

　　우리 시하를 보면 가끔 이 시절의 내가 떠오른다. 다른 점이 있다면 다행히 시하는 스스로를 괴롭히는 짓 따위는 하지 않는다. 아이는 그저 자신의 지금 상태가 어떤지 끝없이 얘기한다. 어린아이니까 어른인 나를 배려하기 힘들다고 단단히 마음을 먹어도, 가끔 상처받고 화도 나고 어쩔 땐 너무 분하고 답답해서 눈물까지 난다. 아이는 부모의 거울이라고 하는 말을 마음껏 비웃었던 나인데 내가 이렇게 생생하게 비춰질 줄이야. 그것도 현재의 내가 아닌 과거의 내가 아이라는 거울을 통해 비춰질 줄은 정말 몰랐다.

　　아이가 태어나면 막연히 친구처럼 편한 사이가 되고 싶다고 아주 쉽게 생각했던 터였다. 흔하디흔한 '친구 같은 아빠' 말이다. 내가 자해에 가까울 정도로 스스로를 괴롭히며 찾고자 했던 그것, '진짜 친구'. 나는 찾지 못했다. 아니, 그건 나의 변태스러움이 만들어낸 억지였기에 내 수준의 변태가 아니고서는 누구도 나를 받아들일 수 없다. 그런 변태가 있지도 않거니와 나도 변태는 원하지 않는다.

다시 묻는다.

'친구 같은 아빠가 가능한가?'

부모는 아이가 어떤 모습이어도 상관하지 않는다.
어떤 말을 쏟아내도 상처받지 않고 안아줄 수 있다. 내 아이와
친구 하고 싶지 않다고 할 부모는 없다. 아이와 부모는 이미
친구다. 난 아주 허무맹랑하고 황당한 친구, 시하와 오늘도
우정을 나누고 있다. 어쩌면 '친구 같은 아빠'가 아니라
'진짜 친구'가 될 수도 있겠다는 희망이 드는 건 덤이다.

아이와 부모는 이미 친구다.
난 아주 허무맹랑하고 황당한 친구,
시하와 오늘도 우정을 나누고 있다.

# 미안해요

시하가 잠이 들면 꼼지락거리는 시하의 발을 멍하니
쳐다볼 때가 많다. 시하의 작은 발을 보면 마음이 짠하다.
이렇게 조그마한 아이가 조그마한 두 발로 여기저기 움직였을
생각을 하면 괜히 마음이 요동친다. 특히나 떼를 쓸 때 시하는
발을 사정없이 비비곤 해서 다른 아기들보다 발이 거칠고
상처도 많다. 그런 시하 모습을 상상하자니 내 시선이 차분히
머무르지 못하는 것일 수도 있다. 이런 내 마음을 알아서 더
꼼지락거리는 걸까? 아빠 속을 썩일 생각이었다면 아주 적절한
행동이다. 똑똑한 녀석 같으니라고……

　　아이들은 26개월 즈음에 접어들면 자아가 강해져 떼가
많이 는다. 문제는 아이들마다 떼를 쓰는 정도의 차이가
아주 크고 시기도 너무나 다르다는 것이다. 처음 부모가 된
입장에서는 이 차이가 아주 당황스럽다. 육아 공부를 열심히
한 부모일수록 더 그렇다. 정석에서 벗어나 생각하는 것,
유들유들하게 받아들이는 것, 처음 아빠가 된 나는 이게 너무
어려웠다. 편집증이 있는 B군에게 누군가가 이런 의뢰를 하는
느낌이랄까?
　　'3센티미터 길이의 선으로 별을 그려야 해.
일부는 4센티미터여도 돼. 그렇지만 대체로 3센티미터를

유지해야 해. 부탁할게.'

　'일부'라는 건 선 몇 개를 말하는 건지, '대체로'라는 건
어디까지 3센티미터를 유지하라는 건지

　음…… 아주 난감하다.


　시하는 27개월 즈음부터 자아가 강해지기 시작했다.
전문가들이 말한 시기와 비슷해서 다행이었다. 단단히 준비를
하고 있었기에 크게 놀라지 않았다. 태어나서 한 번도 원지와
나를 당황시킨 적이 없는 아이였다. 딱 한 번, 젖병에 들어찬
공기 때문에 배앓이를 심하게 한 것 말고는 너무도
잘 자라주었다. 사람들이 얘기하는 얌전한 성향의 아이였다.


　그 시기 시하는 무언가 달랐다. 단지 자아가 강해져서
자기 의견을 강하게 내세우는 그런 느낌이 아니었다. 아이가
떼를 쓰고 울면서 얘기하는 모습들이 다 비슷해 보여도 부모는
그 안에 숨겨진 미세한 차이를 크게 느낀다. 떼를 쓰는 이유가
무엇인지, 막무가내인지, 뭔가 싫어서인지 등등 도저히 발견할
수 없을 것 같은 아이의 복잡한 진심을 찾아내고 만다. 물론
처음 부모가 되었을 땐 사방으로 흩어져 있는 아이의 감정에서
하나의 진심을 들여다보는 건 불가능하다.

그것은 마치 모래밭에 바늘 하나를 던져주고 얼른
찾아보라고 재촉하는 것과 비슷하다. 시하가 처음 나에게
모래밭에 던져진 바늘을 찾아보라고 재촉했을 때는 정말 아무
생각이 나지 않았다. 외면하고 모르는 척하는 게 낫겠다 싶어
모래밭에서 두꺼비 집이나 만들고 있었다. 한마디로 시하가
지칠 때까지 기다렸다는 말이다. 시하가 바늘을 찾아보라고
아무리 재촉해도 나는 '두껍아, 두껍아, 헌 집 줄게. 새 집 다오.
두껍아, 두껍아……' 하며 외면하고 있었다. 그렇다고 앞뒤
없이 시하의 재촉을 외면한 건 아니었다. 외면 또한 객관적이고
공식적인 육아법에 명시된 방법 중 하나였다.

　　외면 방법은 다른 의미로 효과가 있긴 있었다. 효과의
사전적 의미는 다음과 같다. '어떤 목적을 지닌 행위에 의하여
드러나는 보람이나 좋은 결과.' 효과는 내 목적에만 적용됐다.
시하의 목적은 배제되고 내 목적의 결과만 나타났음에도
불구하고, 지쳐서 떼를 멈추는 아이를 보며 외면 방법이 썩
괜찮다고 판단했다. 모래밭에 던져진 바늘 따위를 안 찾으면
어때? 겨우 바늘 하나인데, 라고 생각하면서.

　　그렇게 시하의 신호를 외면하며 두꺼비 집이나 만들고

있던 어느 날이었다. 시하가 터져버린 감정을 멈추지 않았다. 외면 방법의 효과가 나타나지 않고 있었다. 이렇게 되면 아빠 입장에서는 벼랑 끝에 서 있는 기분이다. 본래 벼랑 끝에서 떨어지느냐, 버티느냐, 두 가지 모두 벼랑 끝에 선 사람의 의지에 달려 있다. 그러나 부모인 나에게는 선택지가 없었다. 부모가 아이로 인해 벼랑 끝에 몰리면 버티고 떨어지는 것을 스스로 결정할 수 없다. 그것은 온전히 아이의 행동에 의해 결정된다. 그 사실을 그때 처음 알게 되었다. 시하의 행동이, 시하의 마음이 내 의지보다 훨씬 세다는 걸.

어렵다. 아빠가 되고나서 알 수 없는 힘을 발휘하게 된 적이 있다. 그것이 스스로 이뤄낸 아빠라는 성숙함의 상징이라 생각했다. 그런데 그건 시하의 힘을 빌렸던 것이다. 나를 아빠로 존재하게 하는 힘은 아이에게 있는데 그 아이를 외면하고 말았다. 그렇게 벼랑 끝에 서 있던 나는 아이의 선택을 보지 않고 두 눈을 질끈 감아버렸다. 벼랑에서 떨어질지 버틸지 알 수 없었지만 너무 미안해서 시하를 쳐다볼 수가 없었다. 못난 나는 그때도 '두껍아, 두껍아.' 하고 있었다. 그런 나에게 시하는 더 매섭게 떼를 썼다. 마구 나를 원망하듯이.

너무 무서웠지만 실눈을 뜨고 들킬세라 조심조심 시하를
쳐다봤다. 괴로워 보였다. 떼를 쓰는 시하가 무언가 다르게
느껴졌는데 그게 무엇인지 보이기 시작했다. 미련하기 짝이
없는 나 때문에 시하가 자기감정을 다 헤집어 놓으니 그때서야
시하의 진심이 보이기 시작한 것이었다. 시하도 두려웠던
것이다. 자기 안에 없던 요상한 마음이 생기는 게 너무나
낯설었던 거다. 또래보다 얌전하고 수월해서 무탈하게 키워왔던
아이가 그렇게 부모에게 떼를 부리기 시작한다.

　　시하에게 어떤 마음이 제일 낯설고 괴로울까? 본인
뜻대로 되지 않는 상황? 아니면 자아가 강해지면서 생긴
자기중심적인 사고와 무조건 부모에게 반항하고픈 마음?
시하는 내게 미안했던 게 아닐까? 뜻대로 잘 되지 않는 자신이,
어른스러웠던 전과 다른 모습을 보이는 자신이. 외면이라는
방법을 선택한 내게 시하가 말하고 싶었던 진심은
'미안해요.'였다.

시하는 내게 미안했던 게 아닐까?
뜻대로 잘 되지 않는 자신이,
어른스러웠던 전과 다른 모습을
보이는 자신이.

# 그랬구나

우리 가족은

꽤나 진지합니다

이제는 종영한 예능 프로그램 〈무한도전〉에서 멤버들이
하는 게임 중 이런 게 있다. 상대방이 아무리 심한 말을
하더라도 '그랬구나'라며 받아주는 게임이다. 한 멤버가 다른
멤버에게 "시청자 게시판에서 말이 많더라. 너 하차하라고.
이 정도 욕을 먹었으면 정말 하차할 때도 되지 않았니?"라고
상처가 될 법한 말을 던지면 그 말을 들은 멤버가 차분하게
이렇게 얘기하는 식이다.

"아! 그랬구나. 시청자들이 날 하차하라고 그러는구나.
몰랐구나, 날 그렇게 싫어하는지. 그랬구나. 이제라도
더 잘해야겠구나."

열도 받고 서운하기도 했을 그런 감정들을 꾸역꾸역
추스르는 표정이 웃음을 유발하는 포인트인데 나에게는
그 게임이 조금 다르게 다가왔다. 떼를 쓰는 아이에게 훈육을
할 때 가져야 하는 부모의 마음가짐이 떠올랐다.


훈육에서 가장 중요한 게 아이에게 '나는 널 이해하고
있어. 너의 마음을 충분히 들어주고 어떤 행동을 하더라도
다 받아들일 수 있어'라는 제스처를 취하는 것이다. 아무리
말도 안 되는 떼를 쓰더라도 우선은 아이를 진정시키거나
아이 스스로 진정될 때까지 기다렸다가 무엇 때문인지

물어본다. 시하 나이대의 아이는 떼를 쓰는 과정에서 자기 감정에 매몰되기 때문에 무엇 때문에 화가 났는지 잊어버리곤 한다고 전문가들이 얘기한다.

유심히 관찰을 해본 결과 정말 그랬다. 시하가 떼를 쓰는 시작점은 분명 장난감 때문이었는데 울음이 터지고 감정이 격해져서 떼쓰기의 완전체가 이루어지면 도대체 무엇 때문에 자신이 이 지경에 이르렀는지 잊은 채 눈물과 가슴속 응어리를 쏟아내기에 바쁘다. 장난감 얘기는 쏙 빠진 채 '아빠가 내 말을 안 들어줘서 화났어'라든가 '그냥 계속 기분이 안 좋아'라고 자신의 감정 표현에 집중하는 시하를 발견하게 된 적이 많았다.

이런 경우에는 부모가 어떤 유화적인 몸짓과 말을 해도 소용이 없기 때문에 아이 스스로 진정이 될 때까지 기다려야 한다. 아이를 달래서 진정시키는 경우에도 일정한 시간이 필요하다. 나는 시하를 안아주거나 머리를 쓰다듬어주면서 '시하가 기분 안 좋았던 거 몰라서 미안해'라고 사과하고 '아빠가 앞으로 조심할게' 혹은 '시하 마음이 어땠는지 얘기해줘서 고마워'라고 얘기한다. 이때 실제로 가장 많이 하는 말이 〈무한도전〉에 나온 '그랬구나'이다.

"우리 시하가 그랬구나. 아빠가 시하 말을 안 들어서
화가 나니까 그렇게 눈물이 났구나. 아빠가 그 마음을 미처
몰랐네. 아빠가 시하한테 많이 섭섭하게 했네. 그래서 시하가
그랬구나." 하고 아이의 마음을 쓰다듬어주는 것이다. 물론 너무
심하게 떼를 쓰며 말도 안 되는 이유를 얘기한다면 나도
감정을 추스르지 못하고 화를 낼 때가 있다. '그랬구나'
그 한마디가 어려워서 말이다.

〈무한도전〉에서도 나처럼 한 멤버가 화를 참지 못하고
'그랬구나' 한마디 대신 울컥하는 감정을 드러낸 적이 있다.
그러자 바로 국민 MC 유재석 씨가 제지를 하며 그 멤버의
어깨를 감싸줬다. 그 멤버는 곧 자신의 화를 가라앉히고
"그랬구나." 하며 상대의 말과 마음을 받아들이기 시작했다.
문득 이런 생각이 들었다.
'아, 저렇게 나도 시하에게 발끈하게 될 때 누군가
내 어깨를 감싸 안으며 진정하라고 다독여준다면 얼마나
좋을까?'

국민 MC의 살가운 다독임은 바라지도 않는다. 그저 아주
가끔 이런 나를 잡아주는 정도면 충분하다. 그렇다면 시하에게

더 좋은 아빠가 될 것 같은데. 하지만 사실 아이의 마음을
생각해보면 떼를 쓴 것은 문제가 아니다. 그 상황을 용납할 수
있느냐 없느냐 하는 내 마음 씀씀이가 문제다. 그에 따라
"그랬구나." 하고 넘어가거나, 발끈해서 훈육으로 이어지거나
둘 중 한 가지 상황이 된다. 그리고 솔직히 말하건대 나도
아이와 다를 바 없다. 나도 뭐가 그렇게 화가 났는지 모를 때가
있으니까. 무척 감정적이었다는 분명한 사실과 후회만 아주
찐득하게 마음에 남아 있을 뿐.

　　다시 〈무한도전〉 이야기로 돌아와서…… 한번은 매번
당하기만 하는 멤버가 역할을 바꿔서 본인이 당한 걸 상대에게
그대로 해줬던 적이 있다. 나도 한 번쯤은 시하와 역할을 바꾸고
싶을 때가 있다. 내가 태규 아들이 된다면 시하 아빠에게 떼를
쓰지 않고도 내 마음을 정말 잘 알려줄 수 있을 텐데. 내가
자기처럼 앞뒤 가리지 않고 떼를 쓰면 시하 아빠는 뭐라고 할까?
'그랬구나. 우리 태규가 나한테 떼를 쓰고 싶었구나. 내가 정말
힘들게 했구나. 그랬구나. 이제라도 알게 되어서 너무 고맙구나.
이제 됐구나'라고 해주려나? 과연…… 그렇게 해주려나?

# 남자 아빠가
# 되었습니다

우리 가족은
꽤나 진지합니다

원지가 둘째를 출산하였다. 남편인 나는 별로 할 게
없었다. 임신의 직접적인 원인 제공자이지만 누군가의 말처럼
'드디어 아빠가 된다는' 괜한 기분만 냈을 뿐 출산의 전 과정은
온전히 원지의 몫이었다. 내가 할 수 있는 건 옆에서 지켜봐주고
진통의 시간이 조금이라도 줄어들게끔 말벗을 해주는 게
전부였다.

그럼에도 긴장감은 감출 수가 없었다. 아무래도
이 과정을 온몸으로 버텨내야 하는 원지의 몸이 걱정되는 게
컸다. 출산이라는 과정이 숭고하다 해도 의학적인 견해로
봤을 때 자연분만은 변수가 굉장히 많은, 아주 안전하기만 한
방법은 아니다. 그럼에도 불구하고 대다수의 산모들은 기꺼이
안전하지만은 않은 이 방법을 감내한다. 모든 산모가 그렇진
않겠지만, 행여나 제왕절개를 하면 아이에게 당연히 해주어야
하는 걸 못 한 것 같아 미안하다는 것이 이유다.

이 죄책감을 누가 심어주고 있는지는 정확하지 않지만,
그런 부담감을 갖게 한다는 건 산모에게 너무 가혹하다는
생각이 든다. 자연분만의 과정과 제왕절개의 과정 모두 정작
산모 본인에게 선택권이 주어지지 않는다. '내가 할 수 있다,

없다'의 문제가 아니라 '해도 된다, 안 된다'라는 의사 진단의
문제인 것이다. 그 어디에도 죄책감이 끼어들 틈이 없다.

자정이 되어서 진통이 시작되었다. 집에서 서둘러 짐을
챙기고 급하게 움직여야 했지만 최대한 안전하게 운전을 하면서
생각했다.

'임신은 여자와 남자가 함께 만든 결과물인데 난 아무렇지
않게 지금 운전을 할 수 있고 원지는 옆에서 이렇게 고통스러운
게 맞는 건가? 고작 괜찮아, 조금만 참아, 정도의 안심밖에
줄 수 없는 건가?'

누군가에 따져 물을 수도 없는 문제를 꽤나 진지하게
속으로 화를 삭이고 있었다. 부랴부랴 병원에 도착해서 급하게
원지를 분만실에 들여보내고 입원 수속을 밟았다.

겨우 한숨 돌리고 나니 출산하기 전까지 산모가 대기하는
공간이 눈에 들어왔다. 침대 한 칸이 전부인, 커튼으로 사면이
둘러싸여 있는 좁은 공간. 보호자 단 한 명만 옆을 지킬 수 있을
정도로 좁디좁다. 진통의 간격을 체크하는 의료기기 소리만
얇은 커튼으로 둘러진 우리 공간을 가득 메웠다. 커튼 벽 너머로
간호사와 의사들의 신발 끄는 소리가 찌―익 찌―익 우리 공간을

비집고 들어왔다.

　　원지는 행여나 주변의 다른 산모들에게 피해가 갈까
봐 아주 작게 조심히 말했다. 다른 사면의 공간에 있는
산모들도 원지와 같은 마음이라는 게 그들의 소곤거림을 통해
느껴졌다. 커튼으로 둘러싸인 사면의 속삭임에 내가 속상하고
마음이 아픈 건 결혼 전에 우연히 본 TV프로그램 때문이다.
산모가 느끼는 진통의 크기를 숫자로 표시하여 얼마나 참기
어려운가를 보여주는 내용이었는데, 팔이 잘려 나가는 고통을
10으로 본다면 진통의 시작과 끝은 6~10을 반복하는 엄청난
수준이었다. 그런데 지금 산모들은 그 극심한 고통을 제대로
표출하지 못한다. "악!!!" 하고 아프다고 소리라도 마음껏
칠 수 있다면 그나마 진통으로 받는 아픔이 덜하지 않을까?
두 번째 출산에서 비로소 남편인 내가 얼마나 무력할 수밖에
없는지 자책하며 이런 저런 생각이 들었다.

　　원지에게는 더 많은 보호자가 필요해 보였다. 남편인
나는 그 안에서도 아내가 챙겨줘야 하는 사람에 불과했다.
자신의 진통을 나누기보다 나 이제 괜찮다고 안심을 시켜줘야
되는 그런 존재……. 그럴 때 원지의 엄마가 옆에 있었다면?

혹은 아빠, 여동생이 함께 있었다면 어떨까 생각해본다. 자신의
통증에 투정도 부리고 '이것 좀 나누자'고 하지 않았을까? 물론
산모의 안전이 최우선이라는 타당한 이유로 보호자의 출입을
한 명으로 통제할 수밖에 없었던 거라 생각한다.

원지는 너무도 씩씩하게 모든 과정을 다 이겨내고
건강한 아이를 출산하였다. 세상 밖으로 나오자마자 보란
듯이 울어대던 아이는 여자였다. 남자 아빠인 나는 우리 둘째
아이에게 무엇을 얘기해줄 수 있을까?

세상 밖으로 나오자마자 보란 듯이 울어대던 아이는
여자였다. 남자 아빠인 나는 우리 둘째 아이에게
무엇을 얘기해줄 수 있을까?

# 동생이지만
# 우리 첫째 딸

우리 가족은
꽤나 진지합니다

울음소리가 어마어마하게 우렁찼다. 이 녀석의 오빠는 태어나자마자 뱉어내는 울음에도 수줍음이 묻어 있었는데 이 녀석은 엄마 배 속에서부터 참아왔던 걸 한꺼번에 터뜨리는 느낌이었다. 어찌나 기세가 대단한지 아이를 맡은 간호사마저 "아이가 힘이 좋은가 봐요"라고 할 정도였다. 대부분 아이가 건강하다고 얘기하는데 이 녀석에게는 그 표현이 부족하다고 생각했던 것 같다. 그 뒤로 바로 "딸입니다"라고 친절히 성별을 알려주었다. 힘이 좋은 딸이라니 일반적으로 어울리지 않는 조합이라고 생각하겠지만 일반적인 기준을 워낙 싫어하는 나는 충분히 만족스러웠다.

'그래, 힘이 좋고 소리가 우렁찬 우리 딸.'

시하를 처음 만났을 때는 입에 산소 호흡기를 갖다 대면서 "아빠야"라고 얘기하는 것이 너무 쑥스러웠다. 옆에 계신 장모님이 재촉하며 불러보라고 하지 않았다면 "시하야, 아빠야"라고 하지 못했을 것이다. 둘째는 역시 달랐다. "아빠야" 뿐만 아니라 어쩌고저쩌고하며 말도 못 알아듣는 갓난아기한테 얘기도 참 많이 했다. 네 울음이 어떤지, 얼굴은 어떻고, 아빠 기분은 어떤지……. 내가 뭐라고 떠들던 신경 쓰지 않고 우리 딸은 역시나 힘이 좋고 우렁차게 울어댔다. 나도 질 수 없어서 더 많이 재잘거렸던 것 같다.

　　딸을 처음 안아본 엄마. 원지도 아들을 처음 안을 때와는
아주 달랐다. 훨씬 여유가 있어 보였는데 무엇보다 용감해
보였다. 왜 그렇게 보였는지 모르겠지만 딸을 안은 원지는
확실히 용감해 보였다. 나중에 원지에게 아이 둘이 생기고
가장 달라진 점이 무엇이냐고 물었더니 '더 이상 무서울 게
없다'는 답이 돌아왔다. 이럴 수가. 용감해 보인다고 생각했던
그 모습이 진짜 용감해진 것이었다니……. 아이러니하게도 나는
가장 무서운 대상이 하나 더 늘었다. 아주 사적인 비밀이지만
난 세상에서 무서운 대상이 둘이다. 무서움의 크기는 다르지만
첫 번째는 원지고 두 번째는 시하다.

　　사람마다 감당할 수 있는 감정의 크기가 정해져 있다고
생각한다. 아버지가 돌아가셨을 때는 감당하지 못할 수도
있겠다는. 감정의 끝에 가까운 경험을 했다. 워낙 허망하게
돌아가시기도 했지만 그동안 갖고 있던 아버지에 대한 마음의
짐이 너무 컸다. 그래서 아버지의 갑작스러운 죽음이 더해지면
내 마음의 짐은 결국 가라앉아서 영영 뜨지 못할 거라 생각했다.
장례를 치르고 너무 두렵고 무서웠다. 이때 알게 되었다.

힘세고 목소리 우렁찬 아이,
착하지 않은 아이로
자랐으면 좋겠다.
우리 첫째 딸.

사람에게 정해진 감정의 크기는 결국 본인이 가늠하지 못한다는 것을. 그렇더라도 결국은 본인이 감내하게 된다는 것을.

아버지가 들으면 서운하겠지만 특히 원지에 대한 내 감정은 전혀 가늠할 수 없다는 걸 명확하게 알게 되었다. 원지와 결혼을 하고 아주 크게 다툰 적이 있다. 살면서 가장 무서운 순간이었다. 내가 나를 짐작할 수 없게 되는 상태, 나도 모르는 내가 마음 이곳저곳에서 터져 나왔다. '아, 큰일 나겠구나.' 싶을 때 다행히 내가 원지에게 사과를 하고 있었다. '겨우 살았다!'라는 말이 안심이 되어 나왔다.

원지와는 다르지만 시하에 대해서도 내 감정의 크기가 가늠되지 않는다. 시하가 열이 펄펄 끓어서 자다 깰 때면 "아빠!" 하고 나를 찾을 때가 있다. 빠끔히 눈을 뜨며 정신을 바짝 차리려고 애쓰는 얼굴을 하고선 나에게 와락 안긴다. 그런 시하에게 해열제를 먹이고 체온을 다시 재고 침대에 눕힌 다음 등을 토닥거리며 재운다. 이 일련의 과정 중에 시하는 0.00000000000000000000001%의 의심도 없이 온전히 내게 의지한다. 그게 너무 무섭다. 내가 누군가에게 그런 믿음을 주는 존재라는 사실이……

첫 모유 수유를 하고 돌아온 원지의 표정이 무척 건강해 보였다. 다행히 젖을 물리는 데 어려움이 없다고 한다. 울지도 않고 잠도 잘 자고 시하보다 더 순한 아이인 것 같다고 원지가 얘기하는데 덜컥 겁이 났다.

'내가 혹시라도 모르고 지나치는 게 많아지면 어쩌지? 그래도 본비가 이해하고 넘어가면 어쩌지? 그냥 짜증 내고 투정 부리고 화냈으면 좋겠는데. 본비가 아빠도 잘못할 수 있다고 내색하지 않고 날 보면서 매일 웃어주면 어쩌지? 내가 죽을 때도 아빠 딸로 태어나서 행복하다고, 고맙다고 얘기해주면 어떡하지? 난 이미 죽은 상태니까 못 듣는 거 아닌가? 이거 정말 큰일이다.'

이제 막 태어난 아이라 아직은 직접 눈을 마주 볼 수도, 안아볼 수도 없다. 신생아실 너머 두꺼운 유리를 사이에 두고 어떻게든 전달될 거라 생각하며 본비에게 이런저런 얘기와 감정을 던진다. 태어난 지 아직 하루도 채 되지 않은 첫째 딸을 바라보며 생각한다.

'힘세고 목소리 우렁찬 아이, 착하지 않은 아이로 자랐으면 좋겠다. 우리 첫째 딸.'

# 실례합니다

우리 가족은
꽤나 진지합니다

내 개인 SNS로 육아 상담을 부탁하는 쪽지가 날아올 때가 많다. 이유식부터 수면 교육, 훈육에 이르기까지 질문들은 다양하다. 일면식도 없는 나에게 오죽 답답했으면 이런 메시지를 보냈을까 싶어 어떤 답장을 할지 고민을 깊게 해보았다. 내 경험을 얘기해야 하나, 참고했던 책들을 알려줘야 하나……. 선뜻 답장을 보낼 수가 없었다. 이 글을 쓰고 있는 오늘만 하더라도 난 시하에게 엄청나게 화를 냈다. 모든 육아책에서 금지하는 부모의 행동이다. 절대 하면 안 되는 행동을 해버린 내가 누구에게 무언가를 알려줄 수 있을까?

아이를 키우면서 내가 잘 하고 있다고 생각해본 적이 거의 없다. 원지의 임신 소식을 듣고 제일 크게 걱정했던 건 나 자신이었다. 육아란 대를 물리면서 전달되는 거라 생각한다. 부모에게 내가 어떤 사랑과 보살핌을 받고 자랐는지, 어릴 때부터 독립할 때까지 차곡차곡 쌓인 것 중 내 아이에게 좋은 건 물려주고 안 좋은 건 물려주지 않는 것. 그 다음엔 내 아이가 자신의 아이에게 그리고 또 다음 아이에게…… 이렇게 유기적인 형태로 묶이는 것. 그렇게 하나의 가치와 철학이 쌓이면 비로소 내 아이의 교육으로 완성된다고 생각한다.

그런 의미에서 우리 집의 자녀교육은 내가 시작이다. 어릴 때 부모님과 떨어져 지냈고 내가 성인이 될 때까지 식당을 바쁘게 운영하셔서 기본적인 살가움 말고는 부모님과 나눈 감정이 거의 없었다. 두 분에게는 하루를 버티는 것이 너무나 치열했기에 어쩔 수 없었다. 당신들이 할 수 있는 한 가장 열심히 사는 모습을 보여준 터라 덕분에 나도 한눈팔지 않고 곧게 걸어왔다.

그것만으로도 부모님께 감사한다. 두 분이 버텨낸 삶의 치열함을 잘 알기에 서운해도 충분히 이해한다. 그렇다고 시하에게 나와 같은 이해를 바랄 수는 없다. 부모님의 치열함은 물려주되 내가 받지 못한 것은 새로 주어야 하니까.

가장 많이 주고 싶은 건 내 시간이다. 시하가 성인이 되기 전까지 일하는 시간을 제외하고는 온전히 아이와 함께 하고 싶다. 임신 소식을 알고 나서 가장 먼저 했던 일은 기억을 더듬어 어린 시절로 돌아가보는 것이었다. 무엇이 가장 필요했는지, 무엇을 가장 원했는지. 그때의 나에게 묻고 또 물었다. 돌아오는 답은 비슷했다.
'엄마, 아빠랑 떨어져 살기 싫다, 함께 있고 싶다,

집에 혼자 있기 싫다.'

　　　　의도한 건 아니었지만 시하가 태어날 즈음 일도 많지
않았다. 통장 잔고를 이틀에 한 번꼴로 확인하며 불안해하던
때였지만 아이와 함께 시간을 보낼 수 있다는 게 위안이
되었다. 돈을 많이 벌지 않아도 되니 지금처럼만 지낼 수 있다면
좋겠다고 생각하고 또 생각했다.

　　　　다음으로 가장 신경을 많이 썼던 건 나의 성격이다.
감정기복이 심한 내 기질이 아이에게 상처를 줄 것 같았다.
얼마큼 다스릴 수 있을지 많이 불안했다. 아이가 아주 어릴
때는 이런 내 기질이 크게 문제 되지 않았다. 아이가 자라고
자아가 생기기 시작할 때가 문제였다. 아이에게는 부모의 감정
상태를 들키면 안 된다고 한다. 특히 훈육을 할 때는 더더욱
감정을 배제하고 얘기해야 한다. 그래야 아이가 부모의 말을
감정적으로 받아들이지 않고 자신의 행동에 대해 주의 받은
사실만 받아들인다.

　　　　내가 가장 취약한 부분이었다. 감정을 숨기기가 너무
어려웠다. 화가 나도 슬퍼도 괴로워도 잘 감춰지지 않았다.
내 모든 감정이 시하에게 그대로 전달되는 게 너무나 걱정됐다.

열 번 중에 일곱 번은 감정이 드러나지 않게 훈육을 하거나
얘기할 수 있었는데 세 번은 그렇게 못 했다. 감정을 드러내지
않고 얘기하는 게 가능한 걸까? 여전히 노력하고 또 노력해야
하는 부분이다.

누군가에게 묻고 싶을 때가 있다.
'나 괜찮은 건가요? 괜찮은 거죠?'
정답을 듣고 싶은 것이 아니라 내 얘기를 들어줬으면
하는 단순한 바람에서 하는 질문이다. 공감은 바라지도 않는다.
내 상태를 알아주기만 해도 좋다. 아이를 키우면서 내 몸
여기저기에 쌓여 있는 감정들을 말로 쏟아내고 싶다.

아이를 키우면서 가장 많이 하는 것이 후회와 반성이다.
아직도 모르는 것 투성이다. 앞으로도 SNS 쪽지에는 답장을
하지 못할 것이다. 혹시라도 기다리는 분들이 있다면 죄송하다.
그래도 분명하게 말할 수 있는 건 아빠라서 행복하다는 것,
우리 시하를 많이 많이 사랑한다는 것, 끝으로 우리 모두
괜찮다는 것.

# 하늘엔 조각구름 떠 있고
# 바퀴로 하늘을 날자

우리 가족은
꽤나 진지합니다

아침에 겨우겨우 눈을 뜨고 핸드폰을 찾는다. 예전에는
포털 사이트에 접속해 덜 뜬 눈으로 기사 검색을 하며 잠을
쫓았지만 요즘에는 미세먼지 측정 앱을 제일 먼저 확인한다.
갈수록 공기 질이 낮아지는 것 같은데 최근에는 맑은 날을 거의
볼 수가 없다. 나처럼 어린아이를 키우는 부모들은 이런 날씨가
여간 곤혹스러운 게 아니다.

에너지가 넘치는 아이들을 집에만 묶어놔야 한다는
건 그만큼 내 에너지를 아이에게 쏟아부어야 한다는 뜻이다.
아파트는 층간 소음 때문에 집안에서 마음껏 뛰어놀게 할 수도
없으니 참 난감하다. 오로지 말과 상체로 세 살배기 아이와
논다는 건 로마 검투사와 싸워야 하는 사자에게 '이빨 사용
금지, 앞다리 사용 금지, 오직 꼬리와 뒷발로만 상대할 것'
이라고 얘기하는 것과 같다. 물론 사자가 말을 알아듣고 고개를
끄덕일 리는 만무하지만. 제약된 환경에서 놀기 시작하면
아이는 금방 싫증을 내기 일쑤다. 그리고 어김없이 놀이터에
가자고 얘기한다. 나는 아무 일 아니라는 듯 지금은 밖에 먼지가
너무 많아서 나갈 수 없다고 설명한다.

시하는 감기에 걸려서 소아과에 가면 콧물 빼주는

과정을 특히나 싫어한다. 소리에 민감한 아이라 '치익, 치익' 하며 요란하고 시끄럽게 작동하는 장비에 질색한다. 아주 강한 압력으로 콧속에 작은 튜브를 넣어 목과 비강의 콧물을 강제로 빼내는 건 나라도 너무나 싫다. 한 번도 해본 적은 없지만 소아과에서 시하를 볼 때마다 '아, 하기 싫겠다'고 생각하게 된다. "지금 미세먼지가 많은데 밖에 나가면 감기에 걸리고 그러면 저번처럼 병원 가서 콧물 빼야 해"라고 얘기하면 시하는 금세 사색이 되어서 포기한다. 바로 알아 들어서 다행이기는 하지만 야외에서 마음껏 뛰어놀고 싶어 하는 아이에게 이렇게까지 해야 하나 싶어 속상할 때가 한두 번이 아니다.

내가 어릴 적에 미래가 배경인 영화와 만화, 게임이 많았다. '서기 2XXX년'으로 거창하게 시작하는 이야기 말이다. 우리가 예측할 수 없는 한참 후의 미래라 그런지 부정적인 이미지들이 많았다. 빈부격차가 심해지고 컴퓨터의 통제를 받게 되며 3차 세계대전이 발발하는 등……. 기본적으로 미지의 세계에 대해 호기심도 있지만 두려움이 상대적으로 더 커서 그런지 이야기 속 미래 사회는 대부분 아주 암울했다.

신기하게도 그중 환경 파괴나 전쟁으로 인해 먼지가

가득 쌓인 도시가 자주 등장했다. 물을 지배하는 계급이 있고 공기를 사서 마셔야 하는 그런 미래 도시. 하늘을 나는 자동차는 실제로 곧 생길 것 같았다. 하지만 물을 사야 한다든가 먼지로 뒤덮인 뿌연 도시에서 산소마스크를 쓰고 산다거나 공기를 사기 위해서 어마어마한 돈을 지불해야 하는 모습은 말도 안 된다고 생각했다.

알 수 없는 미래를 상상만 했던 어린 내가 이제는 그 미래에 살고 있다. 서기 2020년이 다 되어가지만 애석하게도 자동차는 아직도 땅 위만 씽씽 달리고 있다. 바퀴가 접혀서 하늘을 날 수 있을 줄 알았는데 그게 아니었다. 운전을 하면서부터 내 차 뒤에 실린 스페어타이어를 보고 '여기에 하늘을 날 수 있는 엔진을 달았다는 거지?' 하고 생각한 적이 있다. 이 아이디어를 처음 떠올린 사람은 분명 면허가 없었을 거라는 확신을 하게 된다. 과거의 미래였던 지금, 당연히 하늘에 새로운 형태의 도로는 생겨나지도 않았다. 다행히 핵전쟁이 발발하지는 않았으나 지구인들의 환경 파괴로 도시에 잿빛 먼지가 가득하다. 암울했던 상상과 하나 다른 점이 있다면 도시가 황폐해지지는 않았다는 것이다. 사람들이 생활하는 공간이 잿빛으로 물들어 있을 뿐. 말이 씨가 된다고,

그때 사람들에게 긍정적인 미래를 다시 그려달라고 떼쓰고 싶은 심정이다.

다시 핸드폰을 확인한다. 미세먼지 앱은 빨간색 경고 표시를 띄우고 절대 나가지 말라고 한다. 공기청정기에 전원을 켜고 다시 시하와 놀아준다. 아파트 거실 통창으로 과거에 그렸던 미래가 펼쳐지고 있다. 뿌연 하늘과 그 먼지에 가려진 태양……. 앞으로는 시하와 물감 놀이를 할 때 파란색을 집으며 하늘색이라고 못 할 수도 있겠다는 생각이 든다.

회색이나 갈색을 집어서 하늘을 칠하려고 할 때 "아니야, 하늘은 파란색이야"라고 시하에게 얘기하면 꼰대라고 생각할까? 어릴 적에 무슨 설명을 하든 당신의 옛날 얘기를 끄집어내는 아버지가 나는 참 답답하고 이해하기 힘들었다. 지금은 알 수 없는 예전 것들을 계속 얘기한들 내가 알아들을 수가 없다. '어쩌란 거지? 옛날에, 예전에 그래서 뭐? 지금은 아니잖아. 지금은 그냥 지금인데……'라는 괜한 툴툴거림도 있었다. 이상한 잔소리 같기도 하고.

"시하야, 아빠 어릴 적에는 정말 하늘이 파란색이었어. 때론 하늘에 구름이 많기도 하고 없기도 했어. 가을에는 하늘이

아주 높아 보였어. 그러니까 파란색 배경에 하얀 구름이 둥실
둥실 떠다니는 그런 느낌……."

　　뭐래…….

# 동화여도
유감이다

본비도 이제 6개월 다 되어간다. 뒤집기를 자유자재로
할 수 있으며 배밀이로 적당한 거리를 이동할 수 있다. 호기심도
왕성해져 시하의 장난감을 호시탐탐 노리고 윈지와 내가 얘기를
나눌 때면 눈을 동그랗게 뜨고 하나하나 놓치지 않으려고
애쓰는 모습도 역력하다. 음악을 아주 좋아하는데 시하가 어릴
때 갖고 놀던 노래 나오는 동화책을 특히 좋아라 한다.

동그란 버튼을 누르면 익숙한 동요가 나오는데 사운드도
훌륭하고 선곡도 좋아서 어른인 나도 듣기가 괜찮다. 책에서
나오는 동요에 엎드려서 발을 동동 구르는 본비 모습도
참 귀엽고. 믿기지 않을 정도로 정확하게 박자를 맞춰서 발을
움직여 깜짝 놀랄 때가 많다. 가끔은 재즈 느낌을 살려 엇박자로
몸을 움직이는데 본비의 감각인지는 더 지켜봐야 할 듯하다.

이맘때가 되면 아이에게 얘기를 많이 한다. 내 얘기만
주욱 늘어놓는 건 지루하기 때문에 책을 활용한다. 두서없이
떠들어대는 내 얘기보다 잘 정리되어 있으며 무엇보다 소재가
떨어질 리가 없다. 시하가 지금의 본비 나이 때 하루키 에세이를
참 많이 읽어줬다. 하나의 에세이를 읽고 내 생각을 덧붙여서
얘기해주면 까르르 하고 웃거나 카악 하고 침을 뱉으려 했다.

이게 아닌가 싶어서 다른 책을 읽어줘도 반응은 비슷했다.

동화책을 읽을 때는 중간중간 내 의견을 덧붙이느라
한 권을 다 읽기가 쉽지 않다. 안타깝게도 내 의견 중 대부분은
'이거 난처한데…… 이건 아주 유감인데……'같은 표현이다.
예를 들어 《심청전》을 읽어주었을 때 내 의견의 핵심 포인트는
이거였다.

'아무리 부모여도 자식이 다 희생할 필요는 없어.
심 봉사 옆에는 뺑덕어멈도 있잖아. 책임은 뺑덕어멈과
심 봉사가 져야 해. 어른이 되었는데도 자신의 처지만
비관하거나 책임을 회피하는 건 옳지 않아. 아빠가 나이 들고
이런 못난이가 되어 있으면 따끔한 충고를 하든지 외면해줘.
아빠가 스스로 일어날 수 있도록 적당한 거리를 유지해줘.
서운해하지 않을게. 부모 자식 사이라고 해도 서로를 위해
희생하는 건 바보 같은 짓이야. 심청이처럼 물에 빠지지 말고
본비의 행복을 찾아서 떠났으면 좋겠어. 아빠의 행복을 위해서
절대 널 희생시키면 안 돼. 본비가 행복해야 아빠도 행복해.
알았지?'

이런 얘기들을 늘어놨던 것 같다. 6개월 된 아이가
이해했을 리는 만무하다. 그렇지만 이런 답답한 내용을 있는
그대로 아이에게 들려줄 수는 없었다. 어릴 때 읽었던 동화를
지금 다시 읽어보니 참으로 난처한 구석이 많아서 한숨이
나온다. 아무리 생각해도 유감이다. 아빠를 위해 바다에 몸을
던지는 딸이라니……

본비에게 어떤 책을 읽어줘야 할까? 눈에 들어오는 건
백곰이 음식이 되고 싶어 한다는, 상당히 사이키델릭한 동화다.
책을 집어 들고 천천히 읽어내려 간다. 우동에 들어가고 싶어
하는 곰이라니…… 귀엽기는 하지만 현실성이 떨어진다.
음, 다른 책. 하늘에서 큰 사과가 떨어져 곤충도 동물들도
다 같이 사과를 냠냠 먹었다는 내용이다. 큰 사과의 가운데만
베어 먹고는 비가 오자 사과를 우산 삼아 비를 피하며 이야기가
마무리된다. 어쩌지? 사과로 된 우산 안에는 악어도 있고
사자도 있는데 작은 동물들은 괜찮은 건가? 아비규환이 되지
않을까? 기린이나 토끼는 결국 악어와 사자의 메인 디시가 되는
건가?

아, 무섭다. 책 읽기를 포기하고 다시 동요를 튼다. 기가

심청이처럼 물에 빠지지 말고
본비의 행복을 찾아서 떠났으면 좋겠어.
아빠의 행복을 위해서 절대
널 희생시키면 안 돼. 알았지?

막히게 리듬을 타는 봄비를 바라보면서 문득 이런 걱정이
앞선다. 어떡하지? 동화책 하나도 비뚤어지게 보며 투덜대는
아빠여서 애들이 비뚤게 자라지는 않겠지? 음, 진심이다.

# 혹시 말이야··· 꺼져!

우리 가족은
꽤나 진지합니다

아이들을 데리고 키즈카페에 놀러 가면 각종 디즈니 공주 캐릭터 옷을 입고 뛰어노는 여자아이들을 당연히 그리고 많이 발견하게 된다. 백설공주, 신데렐라, 인어공주, 엘사 외에 나는 잘 모르는 공주까지 정말 많은 공주들이 키즈카페 여기저기를 뛰어다니고 있다. 이 현상에 대해 딸을 키우는 부모에게 물어본 적이 있다. 이런 대답이 돌아왔다. 그나마 본인의 아이는 어린이집에는 입고 가지 않는다고. 어렵게 아이와 타협을 하여 다행이라고. 그 말은 곧 다른 집 아이들은 어린이집에도 드레스를 입고 간다는 거였다. 덧붙여 본인의 아이도 집에 돌아오자마자 드레스로 갈아입고 왕관까지 쓴 채로 잠들기 전까지 논다는 사실을 일러주었다.

그래서 아주 오랜만에 어릴 때 알고 있던 동화의 공주들이 궁금해졌다. 아직 본비는 드레스에 관심을 보일 연령은 아니지만 공주의 종류에 대해 미리 알고 준비하면 좋겠다 싶어 동화책부터 들여다보았다. 그중에서도 가장 널리 알려진 신데렐라를 선택했다. 계모와 의붓자매들에게 엄청난 구박을 받고 지내던 신데렐라는 왕국에서 열리는 파티에 마법의 힘을 빌려 참석하게 된다. 단 조건은 밤 열두 시까지 반드시 집에 돌아와야 한다는 것. 빼어난 외모를 지닌 신데렐라는 파티에서

단연 돋보였고 첫눈에 반한 왕자가 춤을 청한다. 아뿔싸,
시간이 다 되어간다. 작별 인사도 못 하고 부랴부랴 뛰어나오는
신데렐라, 급하게 뛰다 그만 유리 구두 한 짝이 벗겨진다.
뒤늦게 쫓아온 왕자가 유리 구두를 발견하고 구두 주인을 찾아
나선다. 드디어 신데렐라가 주인임이 밝혀지고 왕자와 결혼을
해 오래오래 행복하게 살았다는 줄거리다.

음, 이걸 본비에게 어떻게 설명해야 할지 깊은 고민에
빠진다. 가장 먼저 들었던 생각은 왕자네 집안, 즉 왕족이
국민을 전혀 꼼꼼히 살피지 않았다는 사실이다. 신데렐라가
계모와 의붓자매들에게 강제 노역을 당하고 있는데 국가
차원에서 아무런 조치를 취하지 않았다. 시대 배경으로 보아
왕자는 성주일 가능성이 높은데 지금처럼 국가 단위의 통치권이
주어진 게 아니니 성 안에 사는 주민들만 살펴보면 되는 거다.
그런데도 왕자는 그런 기본적인 관심조차 없었다. 관심은커녕
호화롭게 파티나 열고 있다니. 불평등이 존재하고 약자가
피해를 받고 있다면 국가가 적극적으로 개입하여 해결해야
하는데 왕자는 그 의무를 저버렸다.

내가 신데렐라라면 파티에서 왕자가 춤을 청하자마자

그 얘기부터 던질 것 같다. 이럴 정신이 있다면 궁전 밖
사람들의 삶에 더 관심을 가지라고. 요정이 준 유리 구두도
위험하기 짝이 없다. 아무리 동화라지만 유리로 된 구두라니,
혹시 잘못되어 깨지기라도 한다면……. 아, 상상만 해도
너무 끔찍하다. 요정에게 너나 신으라고 던져주고 싶다.

가장 마음에 들지 않는 건 왕족과 왕자의 태도다.
그들의 태도는 아주 폭력적이다. 자신이 첫눈에 반한 사람을
찾아야겠다면 본인이 직접 나서는 게 맞다. 사적인 목적을
위해서 공적인 권력을 아무렇지 않게 이용하는 왕자라니 앞으로
자신의 권력을 어떤 식으로 휘두르게 될지 심히 걱정된다.
도대체 무슨 권한으로 모든 여성들에게 위험하기 짝이 없는
유리 구두를 신어보라고 얘기하는 거지? 누군가가 "이따위 것이
뭐라고 귀찮게 신어보라 마라 하는 거야!" 하고 유리 구두를
깨트렸어야 했는데……. 왕자는 이렇게 따끔하게 혼났어야
했다.
　"이 못난 왕자야, 네가 원하는 사람을 찾는 거라면
네 두 발로 움직이란 말이야! 다른 사람 시켜서 여러 명
괴롭히지 말고!"

그에 못지않게 마음에 들지 않는 부분은 신데렐라가 '간택된다'는 것이다. 나도 모르게 이런 말이 튀어나왔다.

"왕자, 지가 뭐라고."

기본적으로 사람을 대하는 태도에 동등이라는 원칙이 없는 인간이다. 짜증이 나서 책을 덮어버렸다. 본비에게 보여주지 말아야겠다는 생각과 더불어 완전 별로인 남자의 예시를 들 때 교재로 써야겠다는 이중적인 마음이 들었다.

본비에게 어떤 특정한 모습을 바란 적이 없다. 아빠라 해도 내가 독립적 인격체인 본비에게 일방적으로 어떤 모습을 원하는 건 부당하기 때문이다. 어떤 모습이 되고 싶은지는 결국 자신이 선택해야 하는 문제다. 그럼에도 아빠로서 우리 본비에게 바라는 걸 말하자면, 저런 왕자가 나타나 프러포즈할 때 "뭐야, 이 찐따는!" 하고 매몰차게 거절하는 사람이었음 좋겠다. 드레스를 입고 말하든 청바지에 흰 티셔츠를 입고 말하든.

# 0.5시간

우리 가족은
꽤나 진지합니다

아침 일곱 시 삼십 분 즈음이면 본비의 떠드는 소리가
침대 밑에서 들린다. 본비는 잠에서 깨도 울면서 엄마 아빠를
찾지 않는다. 옹알이를 하면서 본인의 관심사들을 조심스럽게
건드리며 누군가 자신을 발견하기를 기다린다. 최근의 관심사는
바구니에 담겨 있는 자신의 기저귀다. 기저귀를 하나씩 꺼내서
가지고 노는 걸 좋아하는데 여간 꼼꼼히 살펴보는 게 아니다.

그러면서 볼일도 함께 보는데 아침이라 그런지 꼭 대변을
어마어마하게 본다. 굳이 어마어마하다고 표현한 이유는,
기저귀에 담긴 그것의 형태가 정말 압도적이기 때문이다. 정말
작은 본비가 저지른 것이 맞나 싶을 정도의 양을 보여주기도
한다. 두 번에 걸쳐서 볼일을 본 건 아닌가 싶기도 하지만
아무리 아기라도 찝찝함을 견딜 수 없을 것이므로 불가능하다.
나를 주눅 들게 할 만큼의 박력이 느껴진다.

옹알거리는 소리와 저질러놓은 그것의 냄새로 잠에서
깨는데 그럴 때마다 본비는 어김없이 그런 나를 향해 여유로운
미소를 날려준다. 능숙하게 기저귀를 갈아주고 세면대에서
엉덩이를 닦아준다. 왼팔로 본비를 받치고 오른손으로
물로 닦아주는 과정은 시하 때부터 해왔던 터라 내가 봐도

안정적이다. 고등학교를 중퇴하고 인도 여행을 떠났던 원지도
이런 광경에 익숙하겠지 하고 생각하니 끈끈한 접점이 생기는
것 같아 괜히 기분이 좋다.

거실로 나가서 시하에게 잘 잤는지 안부를 묻고 일어나
있던 원지와 인사를 나눈다. 결혼하고 처음에는 아침에
일어나면 꼭 입맞춤을 하기로 했으나 지켜지지 않을 때가
종종 있다. 원지에게 입맞춤을 했을 때 시하도 다가와 본인도
하겠다고 평소 안 하던 재촉을 한다. 이 긍정적인 행위를 다툼이
있었던 게 아니라면 꼭 해야겠다고 생각한다. 잊지 말아야지.

커피를 한 잔 내리고 본비에게 우유를 먹인다. 시하의
아침은 특별한 경우가 아니면 꼭 원지가 챙겨준다. 시하에게
밀린 얘기를 듣고 중간중간 나와도 대화를 나눈다. 식사를
다 마치면 시하의 어린이집 등원 준비를 한다. 이건 우리 부부가
상황에 따라 번갈아 하는데 세수와 양치질만 시키면 되지만
여간 까다로운 게 아니다.

우선 전혀 할 마음이 없는 시하를 끊임없이 회유하고
설득해야 한다. 마음이 급하다고 조금이라도 강압적으로 대하면

돌이킬 수 없는 떼 부림이 시작되니 아주 은밀하고 섬세하게
협상하고 대화해야 한다. 까다로운 두 가지 행위를 거치고 나면
옷을 갈아입혀야 한다. 이것 또한 때에 따라서는 아주 어려운
난관이 될 수 있다. 역시나 별다른 방법은 없다. 끊임없는
대화와 타협만 있을 뿐.

옷을 입히고 어린이집 등원을 위해 밖을 나선다. 이때도
아주 신중해야 하는 절차가 남아 있다. 과연 어떤 장난감을
가지고 나갈 것인가. 어린이집 버스를 타기 전까지 갖고 노는
이 장난감으로 시하의 하루 기분이 결정되기 때문에 충분히
시간을 갖고 선택할 수 있도록 기다려준다. 선택의 순간이
끝나면 현관을 나선다. 마음이 급하다고 섣불리 내가
엘리베이터의 버튼을 누르면 안 된다. 시하가 누르기를
기다린다. 엘리베이터를 타고 밖으로 나간다. 잠깐 기다리니
아파트 정문에서 어린이집 차량이 들어온다. 조심스럽게
선택했던 장난감을 돌려받고 에너지를 듬뿍 담아 인사를 한다.

집에 들어와 아침밥 먹었던 뒷정리를 하고 본비의 첫 번째
낮잠을 재운다. 한숨을 돌리고 원지와 나의 시간이 시작된다.
본비가 일어나기 전까지 한 시간 삼십 분 정도의 시간이

주어졌다. 무얼 할까? 아, 마음이 조급하다. 그럼 이만!

## #지구별에 온 우리 딸

지구별에 온 우리 딸, 너무 고맙고 축하합니다. 무엇보다 가장 고생 많이 한
우리 원지 씨, 너무 고맙고 감사합니다. 남편은 할 수 있는 게 거의 없습니다.
아내의 심신을 위해 물심양면으로 최선을 다하지만 그건 너무 당연해서
무엇을 했다고 하기 어렵습니다. 저는 시하가 태어나는 순간 흘렸던 눈물이
아이 탄생의 감동 때문이라고 생각했습니다. 그것도 맞지만 본비의 출산을
경험하고 확실히 알게 되었습니다. 그건 아내의 대한 고마움, 미안함,
존경이 뒤섞여 흐르는…… 온전히 박원지라는 사람에게 받은 감동의
눈물이었습니다. 출산의 순간은 오직 아내만이 만들 수 있는 세계였습니다.
아내가 만든 세계는 그 무엇도, 그 누구도 대신할 수 없더라고요.
갓 태어난 우리 아이라 해도요. 저도 참 한심합니다. 본비가 태어나서야
알게 되다니. 아내에게 더 미안하고 고맙습니다. 아빠가 되었다는
칭찬보다 아내가 감내하고 견뎌낸 임신과 출산에 더 많이 축하해주세요.
이 축복은 오롯이 아내의 몫입니다. 엄청난 변화를 겪은 우리 시하,
너무 고맙고 자랑스럽습니다. 많이 축하해주셔서 감사합니다.

원지와

태규

# 어떻게
# 된 거냐면
# 말이죠

우리 가족은
꽤나 진지합니다

아주 추웠다. 그 해 겨울은 유난히 기온이 낮았다.
12월, 한 해를 마무리하면서 다음 해를 기약하는 루틴이
나에게도 적용되는 달이었다. 살아오면서 한 번도 혼자
삶을 꾸려본 적이 없던 나는 서른네 살이 되어서야 독립을
꿈꾸고 있었다. 아주 작은 집을 구해서 텔레비전 한 대와
플레이스테이션, 침대 하나, 부드러운 이불, 1인용 소파를 두고
이곳에 머물 때만큼은 철저하게 고립되어 혼자 지내고 싶었다.
여기저기 여행도 많이 다니고 정말이지 내일을 염두에 두지
않고 현재에 충실한 삶을 살아야겠다고 생각했다.

　　이즈음 친척 동생의 결혼식에 갈 일이 생겼다. 새신랑이
될 녀석과 악수를 하는데 축하한다는 말을 하기도 전에 대뜸
"형은 절대 결혼하지 마!" 하는 게 아닌가. 녀석이 대체 무슨
마음으로 결혼식 날 그런 얘기를 하는 건지 알 길이 없어서 괜히
분위기 어색해질까 봐 서둘러 자리를 피했다. 혼인 서약을
할 때 한 치의 망설임도 없이 "예!" 하고 씩씩하게 외치는 동생을
보고서는 안도의 한숨을 내쉬었지만 말이다.

　　집으로 돌아오면서 결혼을 한다면 정말 늦게 해야겠다는
생각을 엄마 몰래 했던 기억이 난다. 딸 둘 낳고 어렵게 본

늦둥이이자 하나밖에 없는 아들이 이런 생각을 품고 있다는
걸 들킨다면 적어도 삼 일에 한 번은 엄마의 푸념을 들었을
것이다. 내 결혼 문제로 엄마의 인생 비관론까지 듣고 싶은 마음
추호도 없었다. 친척 동생 결혼식 이후 본래도 결혼 생각이 별로
없었지만, 더욱 결혼 같은 건 하고 싶지 않아졌다. 연예인이라
해도 일이 바쁠 정도로 많지도 않았고 내 몸 가누기에도 아주
벅찼다.

차곡차곡 독립을 준비하면서 어느 동네가 좋을지
부지런히 돌아다녔다. 본래 걷기를 좋아하기도 했지만 드디어
독립을 한다는 들뜬 마음이 엄청난 동력이 되어 더 열심히
다녔던 것 같다. 그래서인지 그해 공기와 날씨는 유난히 기억과
감각에 뚜렷하게 남아 있다. 숨을 쉴 때 한가득 나오는 입김과
코끝을 살금살금 건드리는 차가운 공기. 겨울에도 유난히 옷을
얇게 입고 다녔던 나는 온몸으로 그 겨울을 마주하고 있었다.

엄마와 함께 살던 나는 내 독립을 엄마가 섭섭해할까 봐
하지 않던 짓을 하기 시작했다. 저녁 9시 뉴스가 시작되면 엄마
방으로 스윽 하고 들어가서는 엄마 옆에 가만히 앉아서 같이
시간을 보내거나 뉴스를 보면서 대화하는 시간을 늘리려고 애를

썼다. 아버지가 갑자기 돌아가시고 나서부터 엄마와의 관계도 내가 어색하게 만들어버린 터였다. 나는 상대에게 뭔가 해줘야 한다는 마음이 들면 도리어 상대를 피해 혼자 몰래 마음을 쓴다. 다 내가 못나서 그런 거지만. 이게 얼마나 못난 모습이냐면, 혼자 몰래 마음을 아무리 써봤자 상대는 아무것도 모른다. 나도 상대도 그냥 그대로인 것이다. 내 진심과는 아무 상관없이……

엄마와는 그렇게 계속 엇나가고 있었다. 말로, 마음으로, 시간으로 서로 엇갈리고 있었다. 더 이상은 그러고 싶지 않아서 아예 엄마 옆에 붙어 있는 직접적인 방법을 쓴 것이었다. 내 진심까지는 모르겠지만 내 의도는 전달이 된 것 같았다. 언제부터인지 엄마도 같은 시간에 방에서 날 기다렸다. 같은 공간에서 두 사람의 마음이 섞이고 있는 동질감이 큰 위안을 주었던 것 같다. '부모님께 전화 자주 하세요. 그게 효도예요'라는, 지겹도록 뻔해서 이해할 수 없었던 말이 무슨 뜻인지 그때 깨닫게 되었다.

그날도 그렇게 뉴스를 보면서 엄마와 이런저런 얘기를 하고 있는데 일 년에 한두 번 연락하는 사이인 아는 동생에게서 문자가 왔다. 본인은 연희동에 있는데 시간 되면 잠깐 들르라고

했다. 평상시였다면 추워서 싫다고 바로 거절했겠지만 그땐
'혼자 살면 갑자기 나갈 일이 많이 생기겠지?'라며 예행연습을
하듯이 알겠다고 답장을 보냈다.

밤 9시 30분으로 기억하는데 다음에 온 문자가 정말
가관이었다. 한 시간 안에 못 오면 그냥 간다는 거였다.
지금 택시를 타고 아무리 빨리 가도 한 시간 안에 연희동으로
가는 건 무리였다. 게다가 외출 준비에도 20분은 필요했다.
무엇보다 먼저 보자고 해놓고 자기가 정한 시간 안에 오라는
무례함이 참기 어려웠다. 마음이 상했고 결국 안 가겠다고
문자를 보냈다. 그제야 지금 지인과 있는데 그 사람이 곧 가야
하니 나더러 최대한 빨리 오라는 뜻이었다고 했다. 그게 나랑
무슨 상관이지? 이미 마음이 상했기에 다음에 보자고 거듭
거절하였다. 그랬더니 이번에는 미안하다고, 기다릴 테니
오기나 하라고 문자가 왔다. 세 번이나 매몰차게 거절할 수는
없어서 알겠다고 문자를 보냈다.

이때 시간이 9시 40분을 훌쩍 지나고 있었다. 엄마에게
나갔다 오겠다며 짧은 인사를 건네고 옷을 챙겨 입었다.
리바이스 519, 리바이스 빈티지 그레이색 스웨트 셔츠,

안에는 빛바랜 옐로우 반팔 티셔츠를 레이어드하고 니들스의
야상점퍼를 걸쳤다. 비니를 눌러쓰고 까만색 이펙터 뿔테
안경으로 얼굴을 가린 뒤 레드윙 포스트맨 부츠를 단단히 고쳐
신고 밖으로 나갔다. 예상했던 것보다 더 추웠다. 택시가 빨리
잡히지 않으면 어쩌나 하는 걱정에 발걸음을 재촉했다.
내가 살던 아파트는 대로변에서 멀리 떨어져 있어 택시 잡기가
정말 힘들었다.

　　택시 잡는 데 20~30분은 걸릴 거라 생각했는데 바로
빈 택시가 왔다. 잽싸게 얼어붙기 전의 몸을 차 안에
옮겨놓았다. 히터를 아주 세게 틀어놓았지만 온기가 느껴지지
않는 차가운 밤이었다. 그 시간이 10시 15분. 적당한 정체 끝에
연희동에 도착했다. 익숙한 동네는 아니었지만 어렵지 않게
약속 장소로 갔다. '다쿠앙'이라는 이름의, 아담하지만 주인장의
색깔이 확실히 느껴지는 술집이었다. 김이 한가득 서려 있는
문을 밀고 들어가니 아는 동생이 나를 향해 앉아 있었다.
그 맞은편에는 지인이라는 사람의 등이 보였다.

　　"내가 진짜 좋아하는 친구야. 여기는 사진 찍는
시시라고 해. 하시시."

"아! 안녕하세요. 봉태규라고 합니다. 근데 저 그쪽 누군지 알아요. 사진 본 적 있어요."

"그래요? 처음 뵙겠습니다. 하시시라고 해요."

이때가 10시 55분을 지나고 있었다.

"아! 안녕하세요.
봉태규라고 합니다.
근데 저 그쪽 누군지 알아요.
사진 본 적 있어요."

"그래요?
처음 뵙겠습니다.
하시시라고 해요."
이때가 10시 55분을
지나고 있었다.

# 무례하지만
# 할 말은 할게요

우리 가족은
꽤나 진지합니다

프러포즈를 했다. 두 번째 만남에서. 상대가 날 미친놈이라고 생각해도 어쩔 수 없었다. 거짓말을 할 수는 없으니. 어떻게 두 번째 만남에서 그럴 수 있느냐고 누군가 묻는다면 나도 잘 모르겠다. 그저 연애만 하기 싫었고 그 사람과 꼭 결혼을 해야겠다고 느꼈다.

내가 어떤 사람인지 솔직하게 얘기했다. 정말 솔직하게. 지금 나의 재정적인 상태가 어떤지 다 털어놓았다. 약간의 채무와 갖고 있는 전세 자금의 규모와 지금 수입까지도 다. 가족한테조차도 한 번도 솔직하게 얘기하지 못했던 부분인데 이상하게 그 사람에게는 막힘없이 술술 터져 나왔다. 할 수 있는 말들을 던지면서 내 약점을 솔직하게 고백하는 스스로를 보며 더욱더 확신이 섰다.

'이 사람하고는 결혼을 해야 한다.'
내 확신에는 한 치의 흔들림도 없었지만 당연히 거절당할 거라는 마음도 같이 품고 있었다.

그 사람은 살짝 미소를 띠고 내 얘기를 듣고 있었다. 내가 하는 얘기를 재밌어한다고 느껴졌다. 가끔씩 나를 바라보는 눈빛에서 호기심만 읽을 수 있었다. 더 떠들어댈 수밖에 없었다.

내가 읽어낸 그 눈빛이 실제 어떤 마음인지는 중요하지 않았다. 호기심을 품고 있다면 나에게는 그것만으로도 더 떠들어낼 수 있는 동기가 충분했다. 그 사람의 눈빛에서 아무것도 보이지 않았다면? 그게 더 끔찍하다. 실컷 다 얘기를 하고서는 이제 그 사람의 의사를 물어봐야 한다. 아, 정말 묻고 싶지 않았다. 긍정적이라면 너무나 행복하겠지만 아니라면……. 상상을 할 수조차 없었다. '그렇다면 내 마음만 던지고 도망치는 게 나은 것 아닐까?' 하고 힐끗 우리가 있는 공간의 입구를 쳐다봤다.

무슨 얘기를 듣게 될까? 이런 말을 듣게 될까?
"너무 조급하게 생각하시는 것 같으니 시간을 두고 조금 더 만나볼까요?"
"음, 무척 당황스럽네요. 글쎄요, 무슨 말을 해야 할지……. 어쨌든 고마워요."
"너무 놀랐어요. 연예인에게 이런 얘기를 듣게 되다니……. 그래도 너무 성급하신 것 같아요. 저는 아직 그렇게 급하지 않아서요. 죄송합니다."
"본인을 엄청 신뢰하시나 봐요. 아니면 제가 조금은 우습게 보였나요? 우리 이제 그만 일어나죠. 당황스럽고 불쾌해요."

"술 취하신 거 아니죠? 그렇다 하더라도 우리가 아직
그렇게 가까운 사이도 아니고 이제 두 번 봤는데······. 그만
나가주세요."

　　아주 조금의 긍정적인 생각과 대부분의 부정적인 생각이
내 머릿속에서 뒤엉키고 있었다.


　　괜한 얘기를 한 건가 싶어 결국엔 후회했다. 고백을
해버린 이상 거절을 당하면 또 만날 수가 없을 것 같았다.
그제야 미처 생각하지 못했던 것들이 한꺼번에 나를 덮치기
시작했다. 그냥 가까운 사이로 친구처럼 지낼걸. 그러면 계속
볼 수는 있는 건데. 고백 후에는 뒤를 돌아보지 않겠다는 다짐이
후회와 두려움으로 날 덮쳤다. 상대방을 고려하지 않은 내
고백이 난폭하게 비칠 수도 있겠다는 생각도 들었다. 가만히
떠올려보니 내가 읽었던 그 사람의 호기심 어린 눈빛에 뭔가
살짝 두려움이 서려 있었던 것 같다. 내 약점을 드러내는 게
맞는다고 생각했는데 너무 별로인 얘기만 한 건가 싶기도 했다.
　　'내 자랑도 하고 좋은 점을 부각시키기도 해야 했는데
어쩌지? 이제라도?'


　　그 사람을 소개시켜준 아는 동생과 셋이 모여 그 사람의

스튜디오에서 파티를 한 날이었다. 테이블에는 과메기가
올라와 있었다. 꾸덕꾸덕하게 말린 과메기가 꼭 나처럼 보였다.
이러지도 저러지도 못하고 안절부절 못 하는
내 모습이 빛 좋은 날 말린 과메기 같았다.
      '지금 내 낯빛도 과메기처럼 탁하게 변해 있겠지?
반지르르한 과메기 표면처럼 얼굴에 기름도 잔뜩 올라와 있는
것 아냐? 망했다…….'

      이 모든 걸 아주 짧은 시간 동안 생각했다.
      드디어 그 사람이 조심스럽게 입을 뗀다.
      "네, 저도 좋아요."
      그렇게 나와 원지의 시간이 처음으로 교차하며 흐르고
있었다.

      "정말 감사합니다."

엉큼하지만
귀찮아도
할 건 했음
좋겠다

우리 가족은
꽤나 진지합니다

나는 원지에게 두 번째 만나는 날 프러포즈를 했다.

"결혼하고 싶어요."

무엇이 나를 그렇게 용감하게 만들었을까? 이 사람을
두고 연애만 할 자신이 없었다. 이 사람과는 결혼을 해야만
했다. 누군가를 만나고 감정을 나누었을 때 그 결실이
결혼이라고 생각해본 적 없는 나였다. 심지어 당시의 나는
결혼 비관론자였다. 결혼이라는 제도가 불합리하다고 느꼈기
때문이다. 그중에서도 가장 '뭐지?' 했던 건 나의 결혼을
국가에게 보고하고 인정받아야 한다는 사실이었다.

감정의 교류가 쌓여서 서로의 마음에 온전히 전달된 가장
흥분된 상태, 내 마음과 머리가 통제되지 않아서 당황할 때 나를
통제할 단 한 명이 나타난 순간이었다. 누군가를 아주 냉정하게
헐뜯기 잘하는 내가 무엇이든 다 괜찮다고 상대방을 있는
그대로 받아들이게 된 것이다. 나를 괴롭혔던 한 가지 마음만
빼면 모든 것이 완벽했다.

'잠깐! 혼인신고라는 거 괜찮은 거야? 내 마음이
어떤지 내가 왜 결혼했는지 국가가 알아야 하는 거야? 아무리
생각해도 쑥스럽잖아. 난 원지한테만 알려주고 싶은데, 초면인

이 사람을 두고
연애만 할 자신이 없었다.
이 사람과는 결혼을 해야만 했다.

공무원들한테 혼인신고 하러 왔다고 얘기하고 서류를 작성해야한다니. 아니, 이거 국가가 가만히 앉아서 내 감정과 마음을 보고받는 거잖아! 싫다! 내 연애, 내 결혼은 은밀하고 싶은데. 결혼은 아주 사적인 영역 아닌가? 국가가 왜 허락을 해줘야 하는 거지? 내 서류를 받아본 공무원이 '검토해보았지만 사랑인지 모르겠음! 탈락!'이라고 '결혼 불가' 도장을 쾅 찍는 불상사라도 생기면?'

말도 안 되는 생각이 꼬리에 꼬리를 물었던 가운데 국가란 참 엉큼한 구석이 많다고, 그렇다면 결혼을 비롯하여 그에 따른 절차와 형식을 내 식대로 파괴하겠노라고 힘을 잔뜩 주고 있었다. 이랬던 내가 두 번째 만남에서 용감하게 외친 말이 바로 결혼이었다. 원지는 약간 당황하기는 했지만 알겠다며 내 프러포즈를 의외로 금방 받아들였다. 더 이상 주저할 이유가 없었다. 결혼반지를 사고 바로 혼인신고를 했다. 국가의 엉큼한 절차에 기꺼이 응했다. 국가의 날인이 찍힌 A4 용지에 객관적인 확인을 받고 싶었다. '봐봐, 맞잖아. 너희들 지금 장난하는 거 아니잖아.' 같은.

혼인신고를 하고 일주일이 지난 뒤 설레는 마음으로

혼인 신고서를 떼어보았다. 뭐랄까, 우리가 부부로 살겠다는
데 국가의 허락을 받는 것이 여전히 우스웠지만 국가에서
공인한 증명서라는 서류는 사람을 설레게 하는 구석이 있었다.
혼인신고를 할 때 양쪽 부모님의 동의를 구하지 않았기에
더 가슴이 두근거렸다. 구청 외부에 설치된 증명서 발급기에서
서류를 쭈욱 뽑았고 "우와!" 하며 같은 카테고리에 묶여 있는
우리 이름을 훑어보았던 그때. 괜스레 마음 한구석이 찡했고
알 수 없는 기합이 빡! 하고 들어갔다.

　　흥분이 가라앉자 차차 서류의 이상한 구성이 눈에
들어왔다. 내 이름이 상단에 있고 바로 밑에 원지 이름이
있었다. 불공평하다는 생각이 들었다. 그것보다는 일단
보기에 좋지 않았다. 부부의 이름을 동일선상에 놓으면 되는
것 아닌가? 아니면 원지 이름이 상단에 위치해도 되지 않나?
애초에 우리에게 동의를 구했다면 좋지 않았나? 이런 간단한
선택권이 주어지지 않다니. 누구 이름이 위에 있든 그게 중요한
문제가 아닌데. 그렇다면 왜 꼭 남자의 이름이 상단에 위치해야
하는 걸까?

　　정말 모르겠다. 주민등록번호도 남자는 1, 여자는 2로

시작하는 고유 번호를 부여 받는다. 나서기를 꺼려하는
나 같은 사람에게는 이 1이라는 숫자가 여간 곤란한 게
아니다. 가장 부담스러운 숫자 1, 상단에 있는 내 이름……
얼굴이 화끈거리고 당장이라도 슬그머니 물러나야 할 것 같은
기분이다. 1이라는 숫자를 받은 것에 대해 변명을 마구잡이로
늘어놔야 할 것 같기도 하고 말이다.

　　'난 리더 타입은 아니라 1번은 조금 부담스럽…… 음,
저는 개인적으로 7이라는 숫자를 좋아합니다만…… 어렵겠죠?
역시. 사실 원지가 저보다 월등히 뛰어난데 제가 1번을 받을
자격이 있을까요?'

　　무언가 공평하지 않은 이 기분을 나 혼자만 느끼는 건지
정말 모르겠다.


　　최근에 가족관계 증명서를 발급받은 일이 있었다. 세대가
바뀌었다는 걸 실감했다. 주민등록번호의 남녀 고유번호가
바뀐 걸 확인하는 순간. 시하는 아들이라 3, 본비는 딸이라 4
로 시작하는 주민등록번호가 무척 새로웠다. 나를 시작으로
우리 가족의 주민등록번호가 보기도 좋게 1, 2, 3, 4, 차례차례
표기되어 있었다. 2000년생부터 주민등록번호 앞자리로
3과 4를 새롭게 부여받았다고 한다. 세대가 바뀌었다는 건 전과

다른 진화된 인류가 나타났다는 걸 의미한다. 인간이란 세월이 더해질수록 참 무서운 속도로 진화한다.

진화와 변화는 굳이 세대를 비교하지 않아도 알 수 있다. 1년 전의 나와 지금의 나만 봐도 완전히 달라져 있으니까. 애석하게도 우리나라의 행정 업무는 주민등록번호의 숫자만 바꾸었을 뿐 진화와 변화와는 거리가 멀어 보인다. 시하에게 본비보다 앞선 숫자를 대물림해준 것만 봐도 알 수 있다. 본비가 시하보다 앞선 숫자를 가진다고 해서 주민센터의 업무가 마비되거나 전산 시스템을 다시 설정해야 하는 것도 아닐 텐데. 어쨌든 현재의 주민센터는 새로운 세대에게 부여하는 고유번호를 성별에 따라 남자에게 3을, 여자에게 4를 던져주었다.

시하도 나처럼 수줍음이 많은 아이라 자신이 앞선 번호를 받았다는 걸 알면 화들짝 놀랄지도 모르겠다. 이번에는 어쩔 수 없지만 5번과 6번을 받을 세대에게는 간절히 바라는 게 있다. 여자가 5번, 남자가 6번을 받게 되기를!

# 12월 1일,
# 5월 21일

우리 가족은
꽤나 진지합니다

2015년 12월 1일. 그 전날부터 이어진 진통으로 산모는
이미 기운이 빠져 있었다. 무통 주사를 맞기는 했지만 그건
수고를 아주 조금 덜어주는 것뿐. 산모는 통증을 오롯이 맨
몸으로 1초마다 견뎌야 한다. 그렇게 열 시간이 넘게 흘렀다.
배 속에 있는 아이는 아직 충분히 준비가 되지 않은 듯 보였다.
곧 세상 밖으로 나오려면 자궁 아래쪽에 있어야 하는데
쑥스러웠는지 자궁 위쪽으로 자리를 옮기고 있었다. 아이가
자궁 아래쪽에 완전히 자리를 잡아야만 자연분만이 가능하다.

　　의사는 아이가 아직 준비가 안 됐다고 진단했다.
이 상태가 계속되면 제왕절개를 해야 한다는 소견도 덧붙였다.
원지의 얼굴을 슬쩍 쳐다봤다. 걱정이 아주 빠른 속도로
원지 얼굴을 뒤덮고 있었다. 맑은 물에 먹물을 한 방울 떨어트린
것처럼 천천히, 그러나 아주 꼼꼼히 번져갔다. 이럴 때 나는
아주 굳게 입을 다물고 있어야 한다.

　　출산 과정을 지켜보며 내가 발을 디딘 곳은 오롯이
여자만이 만들어낼 수 있는 세상이었다. 남자인 나는
그 세상에서 철저히 외부 사람일 수밖에 없다. 알 듯 모를 듯한
작은 신호로 허락이 떨어져야만 원지가 만들어놓은 공간에 나는

겨우 발을 디딜 수 있다. 그렇게 처음 바라본 원지 세상은 파란 하늘과 푸른 잔디가 곳곳에 펼쳐져 있고 아름다운 꽃들이 끝을 알 수 없을 정도로 넓게 피어 있었다. 그 세상에 마치 밤은 없는 것처럼 따뜻하고 밝은 해가 온종일 그녀만의 세상을 구석구석 비춰주고 있었다. 아주 작은 그늘도 어둠일까 봐 걱정하는 것처럼.

아무도 눈치채지 못하게 조용히 앉아서 원지가 만들고 있는 세상을 내 눈에 하나하나 담기 시작했다. 이제껏 경험할 수 없었던 풍경이었고 두터운 온기가 내 마음 여기저기로 정확하게 전해졌다. 그렇게 몇 시간이 흘렀을까…… 원지는 다음 단계를 준비하고 있었다. 아이가 자연스럽게 세상 밖으로 나올 수 있도록 자세를 고쳐주는 것이다. 완전히 자궁 밑에서 자리를 잡을 수 있게 아이를 품은 엄마가 자세를 고쳐준다. 나와는 달리 원지는 자기 몸도 돌보기 쉽지 않은데 이미 아이의 상태를 계속 챙기고 있다. 만삭인 몸을 옆으로 뉘이고 팔 여기저기에 달려 있는 갖가지 장치의 줄들을 조심스럽게 정리한다.

모든 준비가 끝나자 원지는 진통을 수반한 채 큰 각오를 다지고 병실의 공기를 빨아들이며 호흡을 이어갔다. 상상할 수

없는 통증을 참기 위한 기합이라고 생각하면 될 것 같다. 너무나
마음이 짠하다. 만삭인 상태에서는 태아가 모든 장기를 누르고
있어 본래의 기능이 떨어진다. 출산을 앞둔 산모의 몸 상태는
그래서 일반 사람보다 아주 많이 저하되어 있다. 그런 원지가
고통을 참기 위해 들이마시는 공기는 평상시 들이마시는 양에
비하면 한숨 정도밖에 안 된다. 모든 고통을 감내하는 각오의
숨이다.

　　이제 들이마신 숨을 참고 아랫배에 잔뜩 힘을 준다.
나는 더 많은 힘이 아랫배에 전달될 수 있도록 원지의 엉덩이를
밀어줘야 한다. '하나, 둘, 셋.' 조용히 신호를 보내며 몇 번을
반복한다. '하나… 둘… 셋… 다시 한번, 하나… 둘… 셋….'
하나, 둘, 셋을 얼마나 반복했을까? 원지가 겨우 '잠깐만…….'
한다. 삑 삑 하는 의료기기 소리만 거친 호흡과 뒤섞여서 병실을
채우고 있다. 무거운 적막. '괜찮아?'라고 한마디 묻기가 너무
힘들다. 질문이 그것밖에 없다니 스스로 답답했다. 원지가
더 작아진 호흡을 들이마시며 나에게 하나, 둘, 셋의 과정을
재촉한다. 아무 말 없이 엉덩이를 민다. '하나, 둘, 셋…….'

　　시하가 드디어 나올 준비가 되었는지 의사가 분만을

시작해도 될 것 같다고 진단을 내린다. 열세 시간의 진통이
무색할 정도로 분만 준비는 빛의 속도로 빠르게 완료되었다.
아주 빠르고 정확하게, 시하가 울음을 터트리며 우리와
마주했다. 그 날이 12월 1일이다.

　　12월 1일 시하의 생일날, 생일축하 노래를 부르고
케이크의 촛불을 끄기 위해 우리 가족 네 명의 숫자대로 초를
네 개 꽂는다. 하나, 둘, 셋, 후! 하고 시하가 힘차게 초를 끈다.
앞으로 시하와 본비의 생일날, 그러니까 12월 1일과
5월 21일에는 꼭 원지에게 꽃을 선물해야겠다.

앞으로 시하와 본비의 생일날,
그러니까 12월 1일과 5월 21일에는
꼭 원지에게 꽃을 선물해야겠다.

# 엄마 여자,
# 여자 엄마

우리 가족은

꽤나 진지합니다

나는 직업란에 '연예인'이라고 표기하지만 스스로 프리랜서라고 생각한다. 연예인이지만 프리랜서란 뜻은 일이 있을 때도 있고 없을 때도 있다는 말이다. 사진을 찍는 원지도 직업란에 '포토그래퍼'라고 표기하지만 나와 똑같은 프리랜서다. 나와 차이점이 있다면 원지에게는 일정하게 일이 들어온다. 그 말은 한 달을 단위로 돈이나 시간 등을 계획적으로 생각하고 계산할 수 있다는 뜻이다.

프리랜서로 사진을 찍는 사람이 정기적으로 일을 받으며 본인의 스튜디오를 운영한다는 건 금전적인 문제를 떠나 엄청나게 치열한 그 세계에서 엄청나게 열심히 선방하고 있다는 뜻이다. 이유는 잘 모르겠지만 그 세계는 여성 포토그래퍼가 독립적으로 스튜디오를 운영하며 살아남기가 무척 어렵다. 때문에 원지가 그 세계에서 자리를 잡고 있다는 건 삼국시대 가야가 강대국인 고구려, 백제, 신라 사이에서 작지만 독립된 나라를 이루고 자신들의 문화를 발전시킨 것과 비슷하다. 과장된 비유 같지만 현실적으로는 전혀 과장이 아니다.

우리가 결혼하고 운이 좋게도 꾸준히 일하는 원지 모습을 자주 지켜볼 수 있었다. 결혼 후에는 적극적으로 내가

운전도 하고 카메라 가방도 들고 다니며 포토그래퍼 하시시
박의 조수로 일을 도왔다. 사진 찍을 때 원지는 눈이 부셨다.
한 컷 한 컷 셔터를 누를 때마다 컷을 결정하는 원지의 확신이
나에게까지 전해져서 마음 여러 곳을 예리하게 찔러댔다.
처음 느껴보는 경험이었다. 사진을 찍는다는 것이 얼마나
박력 넘치는 행위인지 절절히 깨달았다. 원지의 어시스턴트를
하지 않았다면 이런 생생한 사실감은 알 수 없었을 것이다.

　　원지는 임신을 했지만 일할 때 그건 전혀 문제가 되지
않았다. 오히려 몸이 따라주지 않는 부분을 금방 파악해서
임신하기 전보다 훨씬 더 효율적으로 촬영을 했다. 나와
결혼하고 임신했던 즈음 하시시 박의 사진은 그래서인지
간결하고 명확하지만 담백함을 품은 작품이 아주 많다. 아직도
놀랍다고 생각하는 것은, 필름 한 롤을 현상했을 때다.
단 한 컷도 버릴 사진이 없었던 적이 많았다. 필름 카메라를
찍어본 사람들이라면 이게 얼마나 신기한 일인지 알 것이다.

　　이런 대단한 모습으로 일하고 있었지만 애석하게도
임신한 포토그래퍼에게 일을 맡기는 사람은 점점 줄어들었다.
효율적이지 못하다고 판단한 것이다.

'배 속에 아이가 있으니 당연히 몸이 힘들고 작업은
더딜 것이며 결과물에 미치는 영향 또한 좋지 않겠지.'

　　대충 이런 식의 논리 회로가 작동한 게 아닌가 싶다.
아이러니하게도 임신을 했기 때문에 더 효율적이고 간결하게
일하게 된 원지의 모습은 클라이언트에게 보이지 않았다.
클라이언트 눈에는 그저 임신으로 배가 나와 몸이 불편한
유부녀만 보였던 것 같다.

　　출산을 하고 나서도 상황은 크게 나아지지 않았다.
아이가 태어나고 나니 이제는 시하가 걸림돌이 되었다.

　　'갓난쟁이가 있으니 당연히 효율적으로 스케줄을
잡지 못할 거야. 아이를 돌봐야 하는 엄마가 예전처럼 움직일 수
있겠어?' 등등……

　　저 추측이 어떤 근거로 나왔는지 모르겠지만
클라이언트에게는 아주 그럴싸한 설득이 됐다. 이런 현실에
분개하는 나와 달리 원지는 의연했다. 세상의 모든 여자
엄마들이 그렇듯이 원지도 내색하지 않고 태연하게
말도 안 되는 이 상황을 겨우겨우, 그러나 꿋꿋하게 이겨냈다.
내 눈에 비친 하시시 박은 그랬다. 이런 일은 바다에 넘실대는
파도처럼 당연하게 다가오는 걸 아는 듯. 그 모습은 담대함을

넘어 황당해 보일 정도였다. 바람의 세기에 따라 파도의 높이에만 차이가 있을 뿐 어차피 똑같은 바다잖아, 라는 태도랄까?

누군가 이런 말을 했었다. 직장에서 엄마의 태도란, 직업 없는 여성처럼 아이를 기르면서 아이가 없는 사람처럼 일해야 한다고. 지금도 원지에게는 파도가 치고 있다. 어떤 크기의 파도가 그녀를 때리고 있을지 짐작만 갈 뿐 나는 알지 못한다. 태풍이 지나갔다 해도 아마 알지 못할 것이다. 엄마 여자인 원지에게는 그냥 바다일 뿐이니까.

누군가 이런 말을 했었다.
직장에서 엄마의 태도란,
직업 없는 여성처럼 아이를 기르면서
아이가 없는 사람처럼 일해야 한다고.
지금도 원지에게는 파도가 치고 있다.

# 식샤를
# 합시다

우리 가족은

꽤나 진지합니다

<Breastfeeding Doesn't Just Happen>

본비는 배가 엄청나게 고팠고 원지는 자연스럽게 아이에게
밥을 먹이고 있습니다. 옆에 시하는 늘 보아왔던 풍경이라 그런지
아주 무관심하게 자신의 모래놀이만 집중하고 있고요. 어떠세요?
제가 보기에는 가장 멋진 모습으로 가장 아름다운 사진이 되었다고
생각합니다. 특히 시하의 태도가 아주 마음에 듭니다.
#zinenight #brelfie #hasisipark #breastfeedinginpublic

개인 SNS에 모유 수유 하는 원지의 사진과 함께 올린
글이다. 사진은 지금의 원지가 무엇에 가장 몰입하고 있는지
보여준다. 사진을 찍는 하시시 박은 지금의 자신에게 가장
주목한다. 지금 머물고 있는 공간, 함께 하는 사람들, 가장
몰입하고 있는 것 등등 현재 본인의 상태에 주목하고 촬영한다.
지금 원지는 문자 그대로 '본비를 먹여 살리는 것'에 집중하고
있다.

결혼 후 원지는 나와 시하, 우리가 살고 있는 집, 우리가
머물렀던 공간, 우리의 시선으로 바라봤던 피사체들을 카메라에
성실하게 담아냈다. 최근에 하시시 박이 준비했던 전시에도
이런 특징이 고스란히 반영됐다. 현직 사진작가들이 하나의

주제로 자유롭게 사진을 찍고 그 사진이 실린 잡지를 각자
만들어 교류했던 독특한 형식의 전시였다. 하시시 박이 찍은
사진들 속에는 당시 우리 모습이 솔직하게 드러나 있다.

원지는 둘째 본비를 출산하고 나서 아이에게 젖을
물리는 행위에 엄청난 만족감과 위안을 느끼고 있다. 시하를
출산했을 때는 미처 느끼지 못했던 감정이다. 첫 출산은 '처음'
이라 그런지 급급하게 지나가는 것들이 많다. 놓쳤던 감정들,
놓쳤던 생각들이 시간이 흐른 뒤 후회되는 경우가 많다. 두 번째
출산에서는 모든 것이 현실감 있게 하나하나 또렷하게 인식되어
다행히 놓치지 않을 수 있었다.

아이에게 끼니를 먹인다는 건 너무나 당연하지만 가장
어렵고 힘든 일이다. 부모가 되어 직접 경험해야 비로소 알게
되는 것이기도 하다. 한 숟갈, 한 모금이 이렇게까지 고마울 수
있다니 놀라울 따름이다. 그중에서도 모유 수유는 엄마만이
경험할 수 있는 행위다. 갓 태어난 아이에게 가장 먼저 하는
행위도 엄마가 젖을 물리는 것이다.

원지는 신생아실에서 같은 엄마가 되었지만 수유실에서는

다른 엄마로 분리되는 광경을 목격하고는 마음이 많이 쓰인다고
했다. 물론 다 그러진 않겠지만 모유 수유를 가지고 '할 수 있다'
와 '없다'로 나뉘기도 한다니 이해하기 어렵다는 거였다. 수유가
끝나기만을 밖에서 우두커니 기다리던 나는 처음엔 원지가
느낀 감정의 크기를 실감 못 했다. 그러다 나도 점차 생각이
많아졌다.

　　모유 수유를 '할 수 있는 엄마들'은 어떨까? 내가 다
알지는 못하겠지만 원지를 지켜본 바에 의하면 그들은 다른
종류의 고생을 하게 된다. 그들을 크게 괴롭히는 젖몸살 말이다.
몸살이라는 점잖은 표현을 쓰고 있지만 사람에 따라서는 아이를
낳을 때의 진통보다 더 극심하다고 한다. 출산과 모유 수유에
이은 당연한 절차라고 하기에는 너무나 가혹하다. 스치기만
해도 죽을 것 같은 예리한 고통이 머리끝부터 발끝까지 빛의
속도로 지나간다는데 그 상태로 엄마들은 아이에게 젖을
물린다. 아이의 배가 다 찰 때까지 대체 몇 번의 고통이 엄마의
온몸을 휘감는 걸까…….

　　갓 태어난 아기는 한 시간에서 두 시간 간격으로 끼니를
줘야 한다. 짧게는 3개월, 아주 길게는 1년까지 모유 수유를

아이에게 끼니를 먹인다는 건
너무나 당연하지만 가장 어렵고 힘든 일이다.
한 숟갈, 한 모금이 이렇게까지
고마울 수 있다니 놀라울 따름이다.

하기도 한다. 이렇게 힘든 일을 두고 엄마가 되었기 때문에
당연하다고 말하기에는 고통이 너무나 크다. 시하가 태어났을
때 유축기로 젖을 짜내는 원지를 도우면서, 아빠로서 할 수
있는 게 정말 없다는 무력감과 남자로서 그동안 여자의 가슴을
치우친 시선으로 바라보았다는 반성이 내 마음과 머리를
강렬하게 때렸다.

　　거대한 감정이 나를 감싸고 있는데 원지가 툭 말을
던졌다.
　　"밥 먹는 거야."
　　본비가 자신이 지어준 밥을 먹는다는 말이었다.
진짜 밥과 다른 게 있다면 아무데서나 먹을 수 없다는 거지만.
답답한 통념상 사람들 눈에 띄면 안 되는 밀폐된 공간에서
먹어야 하지만 어쨌거나 특별할 것 없는 그런 한 끼. 내 감정의
크기가 너무 거대해서 그 사실을 잊고 있었다. 원지는 본비에게
밥을 먹이고 있고 본비는 맛있게 밥을 먹고 있다.
그뿐인 거다.

# 육아력은
# 체력

몸이 한동안 자주 아팠다. 감기에 잘 걸리기도 했고
편도선에 염증이 생겨 고생하는 일이 빈번하게 일어났다.
왜 이렇게 몸이 약해진 건지……. 여러 가지 이유가 있겠지만
운동 부족이 가장 큰 것 같다. 하루 한 시간, 시간을 내서
운동하는 게 쉽지 않다. 아이들을 돌보느라 하지 못하는 것들이
많아서 그런지 잠깐 시간이 나면 운동 말고 다른 일들을 먼저
하게 된다. 어쩌다 귀하게 얻게 된 자유 시간에 운동은 하고
싶지 않은 것이다.

이렇다 보니 그동안 쌓아두었던 체력이 떨어져서 요즘
자주 지친다. 두 달에 한 번 꼴로 편도염에 시달리는 것 같다.
내가 육아에서 이탈하면 내 몫은 고스란히 원지에게 옮겨간다.
몸이 아픈 건 예측할 수 없는 일이라 갑작스럽게 독박육아를
하게 되는 것이다. 준비된 상태에서 두 명의 아이를 돌보는 것과
갑작스럽게 돌보는 건 아주 큰 차이가 있다.

우리 부부는 둘 다 프리랜서라 한 사람이 일 때문에
육아를 못 하면 사전에 꼭 공지를 해준다. 그럼 혼자 하는 쪽이
준비를 단단히 한다. 그래야 효율적으로 두 명의 아이를 돌볼
수 있고 변수도 미리 계산할 수 있다. 어린아이를 보다 보면

돌발 상황이 많아서 한 번의 타이밍만 놓쳐도 영혼이 날아가는 상황이 빈번하게 발생한다. 흐트러진 상황을 제자리로 돌린다는 건 불가능하다. 흐트러진 상황 안에서 최선의 정리를 할 수 있을 뿐이다.

이 모든 걸 가능하게 만들기 위해서는 미리미리 준비하는 수밖에 없다. 본비가 기어 다니면서 호기심이 왕성해지는 시기라 요즘 시하가 아주 예민하다. 본인의 물건을 뺏길지도 모른다는 불안감이 아주 크며 누워 있기만 했던 동생이 자유롭게 움직인다는 사실에 바짝 긴장하고 있다. 평상시에는 원지와 내가 정확하게 한 명씩 철저히 마크해서 상황이 원만하게 굴러가도록 만들지만 혼자 있으면 삐거덕거릴 수밖에 없다. 특히 아이들 식사를 챙겨줄 때 난감한 상황이 많이 발생한다. 식사를 준비할 땐 두 아이가 내 시야에서 차단되기 때문에 돌발 상황을 막는 게 여간 까다롭지 않다. 아무리 힐끔 힐끔 살핀다 해도 가려진 시야만큼의 한계가 분명히 존재하기 때문에 결국은 일이 벌어지고 만다.

요 근래 몸이 아파서 내가 갑작스럽게 공동육아에서 이탈하자 원지는 아무런 준비 없이 모든 돌발 상황에 혼자

대처해야 했다. 나 역시 침대에 누워 편도염과 치열하게
열 전쟁을 벌이는 중이어도 밖에서 일어나는 상황을 귀로 쫓게
되는데, 그럴 때는 아픈 몸이지만 힘겹게 엉덩이를 움직여본다.
　'내가 바로 나가서 해야 하는데…….'
　편도염과 열에 찌든 몸은 꿈쩍도 안 한다. 앓아누운
상황이지만 그럼에도 이래저래 난처하다. 몸살보다 더 견디기
힘든 건 두통인데 두통이 심하면 균형을 못 잡으므로 몸을 가눌
수가 없어서 결국 아무것도 할 수 없다. 침대에 몸을 맡기고
얼른 나의 몸이 이겨내기를 기대하는 수밖에 없다.

　아이들을 돌보면서 체력이 얼마나 중요한지 절실히
느낀다. 체력적으로 버텨내지 못하면 한 번 화를 낼 것도
두 번 더 내게 된다. 몸이 예민해지니 말과 행동도 예민해진다.
아이들과 벌어지는 상황에선 어른인 내가 견뎌야 하는 일들이
엄청나게 많다. 갑작스럽게 떼를 쓸 때도 모든 감정을 꾹 누른
채 아이의 폭발하는 감정을 견뎌야 한다. 이렇게 내 감정의
진폭을 조절하는 것도 결국은 체력이 받쳐줘야 가능하다.

　《슬램덩크》에 이런 장면이 있다. 북산고 주장인 채치수가
시합 도중 발목에 부상을 당한다. 매니저인 한나가 경기를

만류하지만 마땅한 교체 멤버도 없고, 무엇보다 너무나 중요한
시합이기에 결국 출전을 강행한다. 시합이 진행될수록 채치수가
부상은 잊은 채 엄청난 플레이를 보여준다. 그 모습을 보고
감독인 안 선생님이 중요한 한마디를 던진다.

"정신이 육체를 지배했군."

운동해야지.

## # 미안해요

시하는 가끔 나에게 "미안해요"라고 한다. 무엇에 대한 사과인지 말하지 않은 채
고개를 푹 숙이고 뚱그란 눈을 한껏 치켜뜨고 눈썹은 최대한 시옷을 만들어
툭 하고 내뱉는다. "뭐가 미안한데?" 하고 물어봐도 잘 대답해주지 않는다.
최근 〈슈퍼맨이 돌아왔다〉 촬영을 하면서 돌아가신 우리 아버지에게 사과를 참
많이 했다. 카메라가 돌아가든 그렇지 않든. 이제야 겨우 깨달은 못난 자식이
아버지 살아생전에 못 했던 그 말을 입에 달고 살았다. 무엇이 미안하냐고
아버지가 물어도 나는 대답하지 못할 것이다. 그냥 막연하게 미안해서……
그냥 다……. 우리 시하가 무엇을 알고 무엇을 모르는지 나는 잘 모른다.
서른여덟의 나와 31개월 된 시하가 같은 시간 안에 머물며 다른 아버지에게
가장 하기 힘든 고백을 했다는 사실만 알 뿐이다. "미안해요"라고.

# 어느
# 비밀스런
# 의뢰인

우리 가족은
꽤나 진지합니다

누군가 스—윽 종이를 내민다. 거기에는 출처를 알 수 없는 어떤 이의 간단한 인적사항이 적혀 있다. 나이, 이름, 직업, 가족관계와 함께 그동안 어떻게 살아왔는지 A4 다섯 줄 정도로 간단하게 요약되어 있다. 이다음부터는 오롯이 나의 몫이다. 이렇게 스—윽 건네진 서류상의 그를 받아들일지 아니면 거절할지. 일단 받아들이기로 마음을 먹었다면 각오를 단단히 해야 한다. 서툴게 받아들였다가는 엄청난 질책을 받게 될 테니 말이다. 비난이 무서워서가 아니라 내가 결국은 해내지 못했다는 좌절이 더 두려운 것일 수도 있다. 외면한다고 해서 피할 수 있는 문제가 아니다.

그 어떤 이를 나는 일단 받아들이기로 했다. 이제 몇 가지의 간단한 단서를 가지고 누군지도 모를 어떤 이를 실재하는 사람으로 입체화시켜야 한다. 그러기 위해서는 작은 단서 하나도 놓쳐서는 안 된다. 특히 몇 줄로 요약되어 있는 그의 히스토리는 막연하기만 한 이 작업의 굉장히 큰 단서이자 유일한 위안이다.

어떤 게 쓰여 있는지 들여다보자. 우선 나이는 34세이고 직업은 신학대 교수다. 여러 개의 사학재단을 가지고 있는

소위 있는 집안의 아들이다. 그렇다면 그는 교수라는 직업을
'만들었다고' 할 수 있겠다. 세상에 이런 인물은 흔하지 않다.
자기 직업을 마음대로 선택하고 만들 수 있다니. 그런 환경은
이 인물의 성장에 막대한 영향력을 행사했을 것이다.
다른 사람들과 구별되는 특징이므로 체크해둔다.

다음 단서를 읽어 내려간다. 프로급의 디제잉 실력을
갖추고 있으며, 엔진 소리만 들어도 어떤 차종인지 알아맞힐 수
있을 정도의 슈퍼카 마니아다. 디제잉 실력도 엔진 소리도
그가 얼마나 청각에 예민한지 짐작할 수 있는 부분이다.
슈퍼카 같은 경우 유명한 메이커일수록 엔진 튜닝에 엄청난
공을 들인다. 자연스럽게 각 메이커마다 독립적인 엔진
배기음이 존재한다. 디제잉도 비슷한 맥락이다. 클럽에서
들리는 디제이 음악이 다 비슷해 보이지만 디제이가 갖고 있는
곡들에 따라, 그 곡들을 어떻게 믹스하는지에 따라 확실한
자기만의 스타일이 생긴다.

그는 자신이 관심 있는 분야에서 독립적인 방향성을 갖는
것에 많이 예민한 사람이다. 따라서 디제잉도 돈 많고 여유가
넘친다고 허세 부리며 대충 하지 않을 것이다. 직업을 선택하고

만들 수 있는 인물, 사소한 취미라도 좋아하는 걸 넘어서 자신의
직업만큼 인정하고 받아들이는 사람. 그건 그를 이해하는 데
가장 중요한 포인트가 될 것이다. 그가 언제부터 음악에 빠지게
되었는지도 중요한 단서가 될 것이다.

　　요즘에 어떤 디제이들의 음악이 인기 있는지 꼼꼼히
살펴봐야겠다. 음악은 그 사람의 정서를 쉽고 빠르게 이해할
수 있는 장점이 있다. 그는 어쩌면 아날로그적인 감성을 살려
LP로 직접 플레이하는 디제이일 수도 있겠다. 음악을 믹스할
때 어떤 제약을 두거나 장비에 연연하는 스타일이 아닐 수도
있다. 자신이 가진 재력으로 하고 싶은 걸 마음껏 쏟아부을 수
있다……. 그렇다면 그는 디제잉할 때 하나부터 열까지 거의
모든 시도를 해볼 것 같다. 특히나 기계에 관한 욕심이 생기기
시작하면 집착을 넘어 강박까지 다다르는 광경을 주변에서도
종종 목격했으니 낯설지 않다.

　　다음으로 그의 성격에 대한 설명이 나와 있다. 분노 조절
장애에 따른 해리성 인격 장애. 사람들이 그를 특징짓는 가장
중요한 포인트라고 생각할 것 같다. 그 의견에 동의한다. 하지만
너무나 분명히 드러나는 특징은 꼬깃꼬깃 접어서 재킷 안주머니

속에 넣어두고 한동안 잊어버릴 만큼 잠시 외면해야 한다.

어차피 드러나게 되어 있는데 미리 의식하고 있다가는 시작도 하기 전에 상대방에게 들키기 참 좋다. '너 분노하려고 그러지? 알아, 너의 특징은 그거니깐⋯⋯.' 하고 말이다. 생각만 해도 아찔한 순간이다. 철저하게 나를 감추고 다른 이가 되어야 하는데 내 감정을 드러내기도 전에 들켜버리다니⋯⋯. 그런 특징적인 성격은 아무렇지 않다는 듯 잊어버리고 그냥 온전히 그가 되어야 한다. 그래야 모두를 속일 수 있다.

다음으로 주의해야 할 건 그의 폭력성이다. 단순히 어떤 대상을 물리적인 힘으로 제압하는 것만이 폭력이라고 생각하는 경우가 많지만, 일상적으로 이루어지는 폭력은 그 범위가 아주 넓다. 물리적인 폭력 말고 아무렇지 않게 일어나는 일상의 폭력성을 어떻게 보여줄 것인가⋯⋯.

연기를 하는 직업인이 매번 작성하는 기획서의 초안 정도라고 보면 되겠다. 이번 기획서 제목은 〈김학범●〉이다. 어떤가요?

● 2018년 SBS에서 방영된 드라마 〈리턴〉의 등장인물.

# 나도 그 사람

우리 가족은
꽤나 진지합니다

아버지를 떠올리면 화가 치밀어 오를 때가 많았다.
우리 집안에서 일어나는 모든 부정적인 일들은 모두 '그 사람'
때문이라고 생각했다. 언제부터인지 모르지만 난 어느 순간부터
아버지를 '그 사람'이라고 불렀다. 누군가는 "아무리 그래도
그렇지"라고 혀를 끌끌 차며 철없다고 손가락질 하겠지만
그 정도면 많이 참은 거다. 욕이 섞이지 않은 게 다행이다.
'그 인간'도 아니고 '그 사람' 정도면 꽤나 어른스럽게 비난하는
거다.

상황이 이렇다 보니 나는 그 사람과 사사건건 부딪쳤다.
여러 종류의 부딪힘이 있었지만 그 중에서도 그 사람과 밥을
먹을 때가 특히 싫었다. 그 사람은 반찬 하나를 이쪽저쪽
젓가락으로 툭툭 건드리다 정작 그 반찬은 내버려 두고 새로운
걸 집어서 먹는 식이었다. 무엇을 위한 루틴인지는 모르겠지만
같이 밥을 먹어야 할 때면 아무 의미 없는 그 행위를 지켜보는
게 지긋지긋했다.

아주 어릴 때는 혼이 날까 봐 차마 말을 꺼내지 못했다.
시간의 도움을 받아 나도 머리가 굵어지자 어느 날 밥을 먹다
말고 불쾌함을 쏟아냈다. 갑작스러운 내 행동거지에 그 사람은

당황한 기색이 역력해 보였다. 그러더니 입안에 있던 밥을
목구멍으로 넘기지도 못하고 나에게 화를 내기 시작했다.
아버지에게 그게 무슨 말버릇이냐고. 불쾌함을 처음 쏟아내는
거라 불안했는데 오히려 너무도 뻔한 훈계여서 대놓고 무시할
수 있었다. 그 사람에게 앞으로 나와는 말이 통하지 않을 거라고
선전포고한 셈이었다. 그때부터 나도 아버지가 잔소리를 할 수
없는 '그 사람'이 되었다.

　　어차피 그는 늙었고 난 머리가 굵어진 상태였다.
그 사람은 더 이상 무서운 존재가 아니었다. 이왕 시작된 불만,
가시 돋친 말을 계속 뱉어냈고 그 사람은 더욱더 당황하였다.
그러다 도저히 안 되겠다고 생각했는지 그 사람은 결국 자리를
박차고 나가버렸다. 나는 아주 의기양양했다. 마음 한구석에
두려움으로 자리 잡고 있던 존재를 지워버린 것이었다.
맞은편에 몇 숟가락도 채 뜨지 못한 그 사람의 밥공기가 무겁게
자리를 잡고 있었지만 그따위는 신경도 안 쓰고 우걱우걱 밥을
먹어댔다. 화를 삭이지 못하고 나갔던 그는 한참이 지난 후에
들어와 아무 말도 하지 않고 조용히 이불을 꺼내더니 바로
자버렸다. 너무도 무겁고 어두운 밤이 지나갔다.

그로부터 꽤 시간이 지난 어느 날 그가 차려준 밥을 먹을
때였다. 식탁 위에 내 반찬만 아주 정갈하게 접시에 따로 내어져
있었다. 그 사람은 여전히 몹쓸 버릇을 고치지 못한 채 반찬통에
들어 있던 나물을 두 번, 세 번 건드리고는 입속에 가져갔다.
그는 아마도 조마조마 했을 것이다. 맞은편에 앉아 있는 녀석이
자신의 젓가락질을 살펴보다가 언제 갑자기 독침을 쏘아댈지
모르니 말이다.

　　시간들이 더해져 세월이 되고 그 세월마저 흐르니
나는 더 머리가 굵어지고 그 사람은 할아버지에 가까워졌다.
그즈음 같이 식사를 할 일이 있었다. 찌개를 끓여서 냄비째
먹다가 나에게 찌개를 따로 덜어주려고 하는 그에게 설거지하기
귀찮으니 그냥 먹자고 말을 건넸다. 국자를 들고 어정쩡한
자세로 서 있던 그가 크게 당황하며 식탁 의자에 앉았다.
어찌나 크게 당황을 했는지 국자를 냄비에서 꺼내지도 못한 채
'어, 어.' 하며 다음 행동을 전혀 계산하지 못하고 있었다.
그날 식사 자리에서 선명하게 기억나는 하나는 잘 웃지 않는
그 사람이 가끔씩 던지는 내 실없는 얘기에 아주
파안대소했다는 사실이다.

무엇이 그렇게 즐거웠을까? 아들을 데리고 마트에 가면 종종 아이스크림을 사달라고 조른다. 작은 컵에 그 녀석이 좋아하는 맛의 아이스크림을 한 가득 담아 숟가락을 두 개 꽂아서 의자에 앉는다. 나는 절대 먼저 먹지 않고 조용히 한 입 먹여줄 때까지 간절한 눈빛을 하고 쳐다본다. 이런 내 모습에 자기 마음이 다다르면 아들이 서툰 숟가락질로 아이스크림을 한 입 먹어보라고 권해준다. 이게 뭐라고 참 기분이 좋다. 침을 한가득 묻힌 숟가락이지만 나는 전혀 개의치 않는다. 그러다 같이 먹자고 다른 숟가락을 쑤욱 하고 내 얼굴에 들이밀면 그게 그렇게 마음을 요동치게 한다.

아들과 둘이 앉아 싱글 컵에 서로의 숟가락을 연신 찔러대며 아이스크림을 퍼먹는다. 나도 개의치 않고 아들도 개의치 않는다. 그 사람이 사고로 죽고 난 후에 혼자 밥을 먹을 때면 가끔씩 냄비째 찌개를 같이 먹었던 선명한 기억들 때문에 왈칵 눈물을 쏟을 때가 있다. 냄비에 서로의 숟가락을 찔러대도 개의치 않았던 그 식사가 그에게는 얼마나 큰 기쁨이었을까? 겨우 아이스크림 하나에도 요동치는 내 마음을 알아차리게 되면서 그 사람의 마음이 어땠는지 더듬더듬 찾아본다.

우리 집안에서 일어나는
모든 부정적인 일들은 모두
'그 사람' 때문이라고 생각했다.
난 어느 순간부터 아버지를
'그 사람'이라고 불렀다.

    그럼에도 반찬 뒤적이지 말라며 못된 말을 쏟아낸 아들놈
때문에 식사도 못 하고 박차고 나간 그 사람이 언제부터
내 반찬을 따로 내놓았는지 전혀 기억이 나지 않는다. 그렇게
섬세한 마음 씀씀이가 있었다는 것도 전혀 알지 못했던
사실이다. 내가 '그 사람'이면 아들이 먹을 반찬을 접시에 담아
내어줄 수 있을까?

# 재능기부

우리 가족은
꽤나 진지합니다

어릴 때 엄마가 일하지 않고 가정주부인 친구들이
무척 부러웠다. 우리 집은 부모님이 맞벌이라 혼자 지내기
일쑤였는데 그게 그렇게 외롭고 힘들었다. 초등학생밖에 안 된
내가 끼니를 챙겨야 하는 것도 영 내키지 않았다. 고사리 같은
작은 손으로는 무얼 하든 꼼꼼하지 못했고 그렇게 차린 밥이
맛있을 리가 없으니 매 끼니가 고역이었다.

　　잔병치레가 많았던 나는 몸이라도 아프면 고사리손마저
제 기능을 발휘하지 못해서 그럴 땐 차라리 굶는 편을 택했다.
그렇게 끙끙 앓고 있을 때 엄마 손이 더 생각났다. 야무지게
밥을 꾹꾹 담아주고 흐트러짐 없이 밥상을 차려주는 꼼꼼한
어른의 손. 엄마가 매일 집에 있으면 찬이 많지 않아도 밥을
맛있게 먹을 텐데. 열이 펄펄 끓고 몸이 쑤시듯 아플 때면
입안이 깔깔해져서 밥맛은 없었지만 그래도 엄마가 차려주는
밥은 그리웠다. 다른 엄마들은 다 집에 있는데 왜 우리 집은
그러지 못하는지 원망도 많이 했다. 학교 끝나고 집에 왔을 때
엄마가 있다면, 언제든 나갔다 들어와도 맛있고 야무진 밥상을
차려줄 엄마가 있다면 얼마나 좋을까 상상도 많이 했다.

　　식당을 운영하시던 엄마는 사기를 크게 당해 어쩔 수

없이 사업을 그만두셔야 했다. 내 간절한 바람이 하늘에 닿았던 걸까? 엄마는 다행스럽게 새로운 직장에 취직을 했다. 가족들이 사업주로 운영되는 우리 집에 가정주부로 취업이 되었다고나 할까. 이유가 어쨌든 나에게는 아주 만족스러운 결과였다. 이제부터 내 고사리손을 고생시킬 필요 없이 아주 맛있는 밥을 매 끼니 먹을 수 있게 된 것이다.

더 놀라운 건 이 모든 게 공짜라는 사실이다. 나는 엄마의 아들이니 엄마에게 돈을 지불할 필요가 없는 것이다. 직접 묻지는 못했지만 당연히 무료겠지, 설마 가족한테 돈을 받을까? 우리 엄마는 그렇게까지 매몰찬 사람은 아니다. 가정주부로 재취업한 엄마는 한동안 신경 쓰지 못한 시간을 만회하려는 듯이 집안일을 정말 열심히 했다. 식당에서 사용하는 일 인분용 돌솥으로 매 끼니 밥을 새로 할 정도였다.

이 모든 게 당연하다고 생각했다. 엄마들은 다 집에 가정주부로 취직한 것 아닌가? 우리 집만 아주 유별났던 거라고. 집도 전보다 훨씬 깨끗해졌다. 정리정돈도 잘 되어 있었고 물건을 아무 데나 두어도 항상 제자리에 돌아와 있었다. 원래 집은 이렇게 깨끗한 것이었는데 이 당연한 걸 그동안

모르고 살았다니……. 그땐 엄마가 참 너무했다는 생각이
들었다.

　　애석하게도 가정주부로 재취업한 지 얼마 안 돼서 엄마는
직장을 옮기고 싶어 했다. 아빠의 벌이로는 가족 다섯 명이
생활하기 쉽지 않았던 것이다. 결국 집에 아주 조금 남아 있던
돈을 싹싹 긁어 작은 식당을 다시 시작하셨다. 또 혼자 있게
되나 싶어 불안했지만 다행히 전과 다른 점이 생겼다. 이번에는
엄마가 일하는 식당이 우리 집과 아주 가까웠다. 그래서인지
식당으로 직장을 옮겼지만 엄마는 두 가지 직업을 병행하셨다.
그리고 집에서는 여전히 무급으로 일을 하셨다.

　　우리 가족은 다행히 두 가지 직업을 능숙하게 병행하시는
엄마 덕분에 맛있는 밥을 매 끼니 먹을 수 있었고, 깨끗하게
정돈된 집에서 생활할 수 있었다. 게다가 우리 남매는
정기적으로 용돈을 받는 호사까지 누렸다. 그럼에도 여전히
이 모든 게 당연하다고 생각했다. 아마도 이 모든 것의 주체가
우리 엄마였기 때문인 것 같다.

　　지금도 가끔 엄마에게 무료로 밥을 얻어먹는다.

입이 늘어서 이제 우리 식구 네 명의 끼니를 챙겨주신다.
명절이거나 누나들까지 모이면 그 숫자는 더 늘어난다. 약간의
용돈을 받기는 하지만 요리 경력 40년이 훌쩍 넘는 분이 요리를
대접하고 음식까지 포장해주는 건 누가 봐도 남는 장사가
아니다.

　　이런 말을 엄마에게 늘어놓아도 쓸데없는 얘기 하지
말라고 그러시겠지? 난 아직도 참 못난 자식이다. '고맙다'
는 말 한 번, '엄마 덕분이야'라는 말 한 번 안 했다. 아주 가끔
전화만 해도 아주 기뻐하실 텐데……. 그 말이 힘들어서 이렇게
주저리주저리 떠들고 있나 보다. 참 못났다, 나도.

# 가족의 탄생

우리 가족은
꽤나 진지합니다

그는 서른여덟 내 나이 즈음 사내아이를 봐야겠다는
생각을 거의 하지 않았던 것 같다. 그에게는 형이 한 명,
남동생도 한 명 있었다. 형은 아들을 둘이나 두었다. 둘째였던
본인을 유독 아끼는 어머니가 아들 하나 보자고 성화가
어마어마했지만 그는 예쁘게 자라고 있는 딸 둘에 아주 만족한
아빠였다.

지금이야 마흔 살이 많은 나이가 아니지만 그 시대 마흔
살은 노년의 첫발을 내딛는 나이였다. 그는 이렇게 생각했을
것이다. 지금 사내아이를 봤자 부담만 될 텐데 굳이 가질 필요가
있을까? 살림살이가 빠듯했던 것도 한몫했을 것이다. 그의
아내는 많이 젊었지만 오랜 시간 임신이 되지 않아 마음을 아주
내려놓은 모습이었다. 어머니 잔소리야 한 귀로 듣고 한 귀로
흘려보내면 그만이고, 귀담아듣는다고 해서 없던 아이가 생기는
것도 아니었다. 그저 하루하루 생활을 견디며 내일을 걱정 없이
맞이할 수 있는 것에 만족하는 소박한 삶이었다.

시간이 흘러 어머니의 성화도 기세가 점점 약해지고
그는 노년의 첫걸음인 마흔 살이 되었다. 시골에서 농사를
짓다가 상경한 지 시간이 제법 흘렀고 이제는 결과물을

만들어야겠다는 마음이 컸다. 예전 아버지들은 맞벌이를 해도 본인이 집안 살림을 책임지는 가장이라고 생각했기 때문에 부담을 스스로 짊어지고 있었다. 살림살이는 아주 조금씩 나아지고 있었다. 두 딸을 고향집에 맡기지 않고 자기가 책임질 수 있다는 사실에 그는 무척 뿌듯해했다.

작은 시골 마을에서 자란 그는 학력이 뛰어난 것도 아니었으며 특별한 기술이 있는 것도 아니었다. 머리가 비상하여 돈 버는 데 재주가 있었지만 그마저도 서울로 올라오면서 다 포기해야 했다. 고향에서야 그곳 출신이라는 것도 돈 버는 밑천이 되지만 타지인 서울에서는 어떤 밑천도 손에 쥘 수 없었다. 안정적인 일자리를 구하기 전까지는 할 수 있는 모든 일들을 그저 몸으로 묵묵히 견디는 것밖에 도리가 없다. 그때는 그렇게 살았다고 한다. 그래도 훗날에는 괜찮은 삶을 기약할 수 있는 희망이 많았다고 하니 지금보다 나은 건가.

젊은 나이에 혼자되신 어머니를 아꼈던 그는 홀연히 고향집에 내려가곤 했다. 말도 없이 불쑥 고향에 내려가버리는 남편 때문에 아내는 속이 뒤집어졌지만 그는 크게 개의치 않았다. 어차피 정기적으로 아내 속을 뒤집어놨던 터라 불현듯 어머니를 보러 가는 일에는 내성이 생겼을 거라고 생각한 것 같다.

오래된 한옥인 고향집에서 그는 언제나처럼 편히 낮잠을 자고 있었다. 꿈속을 헤매다 삼신할머니로 추정되는 사람을 만났는데 삼신할머니가 갑자기 혼을 내기 시작했다고 한다.
"당장 서울 집으로 올라가!"
그 꿈이 너무도 생생하고 무서워서 그는 부랴부랴 짐을 챙겨 간신히 막차를 잡아타고 서울로 올라왔다. 꿈에 나타난 할머니가 진짜 삼신할머니였는지 정확하지 않지만 드디어 그는 아들을 얻게 된다.

그가 아주 기뻐했는지 아니면 당황했는지 정확하지 않다. 다만 빠듯한 살림살이에 식구가 하나 늘었다는 사실은 정확하다. 얼마나 살림이 빠듯했는지 그의 아내는 병원에서 아이를 출산하자마자 핏덩이를 포대기에 둘둘 말아 집으로 와버렸다고 한다. 병원비가 늘어나는 게 부담스럽다는 것이 이유였다. 출산 소식을 듣고 병원에 도착한 남편은 아내가 벌써 퇴원했다는 소식에 황당함을 감추지 못했지만 이유는 짐작했을

터였다.

　　그렇게 새로운 식구가 된 사내아이는 부부의 살림에서
감당할 수 있는 존재가 아니었다. 결국 아이는 100일을
갓 넘기고 그의 고향집으로 보내졌다. 데려올 날을 기약한 건
아니었지만 최대한 빨리 데려오리라 마음먹었을 것이다.
두 딸들도 1, 2년 정도 고향집에 맡겼던 터라 크게 걱정할 일은
아니었다. 시간은 금방 흘러가니까. 게다가 삶이 빡빡하면
시간은 더 서둘러 달아나니까.

　　6년이 흘렀다. 마흔 하나에 얻은 그의 늦둥이 아들은
할머니와 함께 고향집에서 유아기를 보냈다. 다행히 그의
사정도 나아졌다. 집을 장만했고 더 이상 남들에게 아쉬운
소리를 하지 않아도 되었다. 그는 막내아들을 서울로 데려온다.
아이는 무척 당황했다. 말로만 듣던 누나들이 갑자기 생기고
어렴풋이 알고 있던 부모님을 만난 탓이다. 아이가 가장 바라던
순간이었지만 6년의 빈 공간이 가족애라는 이름으로 한순간에
채워질 수는 없었다. 어쩌면 아이는 이 가족이 내 진짜 가족인지
의심했을 수도 있다.

당황스럽고 어색하기는 누나들도 엄마도 아빠도
마찬가지였을 것이다. 그는 어색해하는 늦둥이 아들을
다그친다. 빨리 적응하기 바라는 행동이었을 것이다.
작은 사내아이를 두고 어떻게 적응해야 할지 가족들은 서로
눈치만 보고 있었지만 일단 다들 너무 바빴다. 부부는 매일같이
새벽부터 일터로 나가야 했고 나이 차이가 많이 나는 누나들도
이른 아침이 되면 학교에 갔다. 6년 만에 돌아온 집엔 대체로
아무도 없었다.

　　작은 시골 마을에서 자란 아이는 혼자 있는 시간이
당황스러웠다. 무엇 하나 시골에서의 삶에서 차용할 수 있는 게
없었다. 우두커니 혼자 시간을 보낼 때면 할머니 생각에 눈물이
흘렀고 엄마, 아빠라고 불렀던 큰엄마, 큰아빠 생각이 더해지면
눈물은 걷잡을 수 없이 많아졌다. 실수하는 일도 많았다.
집에 있던 물건들이 다 낯선 탓이었는데 그럴 때면 어김없이
아빠에게 꾸지람을 들었다. 어느 순간 '잘못했어요'가 아이의
입에 붙어버렸다.

　　'죄송해요'라고는 할 수 없었다. 아이 입장에서
죄송하다는 사과 다음에는 왜 그랬는지 설명이 이어져야

했기 때문이다. 설사 그것이 변명이어도. 그렇게 말을 길게 하기엔 아빠가 너무 무서웠다. 너무 오래 떨어져 있었기에 어색함이 주는 낯선 감정이 아빠에 대한 두려움으로 다가왔다. 그럴수록 그는 더더욱 아들을 다그쳤다. 본인도 어떻게 다가가야 하는지 잘 몰랐던 것 같다. 기회가 있을 때 아들에게 최대한 많은 말을 쏟아내서 자신의 감정과 마음을 알리는 게 다였다.

그것은 나에게 차가운 다그침일 뿐이었다. 6년의 시간 동안 나는 아빠와 함께한 것이 하나도 없었다. 아빠에 대해 무엇을 알아야 하는지 어떤 말을 들어야 하는지 도무지 갈피가 잡히지 않았다. 집이라고는 하지만 나에겐 집이 아니었다. 난생 처음 머무는 이 생경한 공간과 아빠와의 어색한 관계를 외면하고 싶을 뿐이었다.

내가 생각한 가장 좋은 방법은 아빠가 말을 길게 못 하게 하는 거였다. "잘못했어요. 잘못했습니다"라는 말이면 아빠도 하던 말을 멈추었다. 나는 고개를 숙이고 가만히 있으면 되었다. 아빠는 그렇게 나를 한참 바라보고 자리를 뜨셨다. 그 순간 얼마나 안심했는지 모른다. '이제 낯선 사람은 갔어…….' 하고.

시하가 나에게 대뜸 사과를 할 때면 나도 모르게 가만히
듣게 된다. 예전의 나처럼 "잘못했어요." 할까 봐. 아마도 나는
말을 멈추고 시하를 바라보겠지? 시하가 안심하는 모습을
확인하고 아마도 말없이 자리를 뜨겠지? 해줄 수 있는 게
있구나, 다행이다, 하고 안도하면서. 아마도 말이다.

# b군이 아닌
# B군에게

우리 가족은
꽤나 진지합니다

나는 엄청난 대식가였다. 이 얘기를 듣고 어떤 사람들은 지금의 내 모습을 떠올리고 피식! 웃을지도 모른다. 그게 아니라면 '저 바보는 대식가라는 단어를 엉뚱하게 알고 있나 보군.' 하고 뒤에서 수군댈지도 모르고. 다 이해한다. 어쨌든 지금의 내 모습은 대식가와 거리가 먼 게 사실이니까.

현재의 모습이 어떻든 난 대식가였다. 한창 때는 마음만 먹으면 햄버거 열한 개쯤 쉬지 않고 먹을 수도 있었다. 탄산음료의 도움도 한 잔이면 충분했다. 입 안에 음식을 분해하기 위한 침과 아밀라아제가 넘쳐났기 때문이다. 이게 왜 중요하냐면, 푸드파이터들도 먹기 대회를 할 때 반드시 음료의 도움을 받기 때문이다. 그렇게 침이든 음료든 액체의 도움을 받아야 음식을 목으로 넘기기가 용이하고 입맛을 계속 돋울 수 있다. 다시 말해, 많이 먹기 위해 제일 필요하고 중요한 첫 번째 조건이 침샘의 자극이라는 말이다. 그리고 한마디로 난 그것이 타고났다는 것이다.

한 번은 큰 매형이 우리 누나의 애인이었을 때, 나에게 점수를 따기 위해 비싼 소갈비를 사준 적이 있다. 두 사람이 연애를 하는데 왜 나에게까지 잘 보이고 싶어 했는지는 아직도 잘 모르겠지만 곰곰이 생각해보니 우리 사회는 연애조차도 부모님에게 동의를 구해야 할 때가 있기 때문에 애인의 동생인 나에게 애쓰는 건 당연한 것 같기도 하다.

아무리 그렇다 하더라도 사람과 사람이 만나는 과정에서 당사자 외에 다른 누군가에게 동의를 구한다는 건 참 바보 같은 일이다. 부모님이 내가 연애하는 상대와 데이트를 하고 결혼을 해서 같이 살 것도 아닌데 말이다. 마치 나를 키워준 것에 대한 감사한 마음을 내가 사랑하는 사람을 허락받는 것으로 갚으라는 얘기처럼 느껴진다. 아, 가슴이 답답해지고 땀이 흐른다. 지금은 나의 대식에 관한 얘기를 하고 있으므로 원래 얘기로 돌아와보자.

그때 매형이 나에게 왜 잘 보여야겠다고 생각했는지는 중요하지 않았다. 그저 평상시에 거의 먹어보지 못하는 양념 소갈비만이 나의 시야 안에 가득 자리 잡고 있었다. 돼지고기와는 다르게 바짝 굽지 않아도 되므로 빨리 익혀서 맛있게 먹을 수 있다는 장점이 대식가인 나를 더 만족시켰던 것 같다. 대식가들은 음식을 많이 먹기도 하지만 정비례로 빨리 먹기도 한다. 조리를 하면서 바로 먹을 수 있는 조건을 모두

충족시키는 음식이 굉장히 드문데 양념 소갈비는 이 두 가지를
완벽하게 만족시키는 음식이었다.

나에게 잘 보이기 위해 맘껏 먹으라는 어떤 남자의
적극적인 제스처. 이렇게 완벽하게 많이 먹을 수 있는
조건이라니! 그래서였을까? 처음 고기 한 점을 입에 넣을
때부터 마지막에 젓가락을 내려놓을 때까지 아무런 말도 할 수
없었다.

'이렇게 엄청난 음식이 존재하다니 세상 사람들은 나 빼고
이런 맛있는 음식을 잘도 먹고 있었구나.'

약간 분한 마음이 있었지만 금방 '이제라도 먹어봐서
다행이다……'라는 생각을 되뇌었던 것 같다.

17인분. 그날 내가 먹은 소갈비의 양이다. 혼자서
17인분을 뚝딱 먹어치우고 나서 나에게 잘 보이기 위해
호기롭게 갈비를 권했던 매형 얼굴을 쓱 쳐다보았다. 표정이
미세하게 일그러지고 약간은 떨리는 목소리로 냉면을 권했던
기억이 난다. '냉면?' 하고 다시 입맛을 다시고 있었는데 옆에
앉아 있던 누나 표정을 보고서는 아차 싶어 정중히 거절하였다.

요즘도 가끔 내 안의 깊은 곳에서 대식가 B군이 나에게
외치는 목소리가 들린다. 나 여기 있다고. 그러면 나는 슬그머니
모른 척한다. B군의 섭섭함이 온 마음에 전해지지만 어쩔 수
없다. 지금은 적당히 먹는 소식가 b군과 더 친해졌으니 말이다.
그래도 가끔 매형이 권했던 그 냉면까지는 맛있게 먹어치울걸
하고 아쉬움이 밀려올 때가 있다. (어쩔 수 없지……) 한 번
잃어버린 능력은 굉장히 사소한 것이어도 다시 찾기가 어렵다.
그게 무엇이든 말이다. 이 얘기를 대식가 B군이 듣는다면
서운하려나? (그렇겠지……)


　　이보게 서운해하지 말게나. 나도 가끔 당신이 그립다네.
우리 가끔 만나세. 뷔페식당에 갈 때 내가 연락하지. 잘 지내게.

# 내 조상은 내가,
# 네 조상은 네가

우리 집은 아주 어릴 때부터 제사를 지냈다. 왜 차례를 올리고 때가 되면 제사를 지내는지 이유도 명확하게 알고 있었다. '조상님들에게 잘 해야 우리가 잘 먹고 잘 산다'는 지극히 단순하고 명확한 이유. 망자가 된 분들에게 푸짐한 음식을 차려주고 운을 내놓으라는 식, 제사는 일종의 보험이다.

어릴 때는 그저 맛있는 음식 많이 먹고 할 일도 없었기에 나에게 제사는 나쁘지 않은 행사였다. 절 몇 번 하고 희망사항을 조상에게 속삭인 다음, 그것이 이루어지면 감사한 거고 아니면 어쩔 수 없다고 슥 넘기고는 다음 제사를 기약한다.

매주 로또를 사는 것과 다를 게 없다. 간절한 마음을 담아서 숫자를 적은 다음, 당첨이 되면 너무 좋은 거고 아니면 어쩔 수 없다. 곧 다음 주가 되니까 희망을 품을 수 있어서 괜찮다. 물론 제사가 돈이 훨씬 많이 들고 손도 많이 간다. 그래서인지 어른들은 복권보다 조상을 모시는 이 행위에 더 큰 확률이 있다고 믿는 것 같다.

남자로 태어난 나는 음식을 차리지 않아도 제사 때 복을 독차지하는 어드밴티지까지 주어진다. 기본적으로 제사는

남자들의 홈그라운드 경기다. 원정 온 사람들은 여자인데
가혹할 정도로 심한 원정 페널티가 주어진다. 음식도 차려야
하고 뒷정리도 도맡아 해야 한다. 축구로 비유하자면 경기
준비를 비롯한 모든 일을 하면서도 골을 넣을 때만큼은 홈팀인
남자에게 양보해야 한다. 이유는 없다. 게임의 룰이 그렇다.
홈팀인 남자에게 100퍼센트 유리한 경기. 남자인 나는 가만히
앉아서 골을 넣고 세리머니만 하면 된다.

　　세리머니는 간결하다. 절을 한 번 두 번 반복하면 된다.
여기서 중요한 건 나에게 복을 달라는 간절함인데 내 제일
큰 간절함은 두발 자유화였다. 고등학교 3년 내내 매년
다섯 번의 제사와 차례를 지낼 때마다 아주 정성을 다해 절을
하고 빌었다. 우리 학교에 두발 자유를 허락해달라고. 음식이
마음에 안 들었는지 아니면 정성이 부족했는지 내 간절한
마음을 조상님들은 끝내 들어주지 않았다. 오히려 고2 때
5센티미터였던 두발 기준이 3센티미터로 줄어 조상님들에게
벌을 받은 거 아닌가 하고 생각했다.

　　그즈음부터 제사를 이렇게 지내는 게 맞는 건지
의심했던 것 같다. 누구보다도 정성을 다하는 엄마를 보는 게

제일 힘들었다. 형편이 넉넉하지 않았기에 제사는 엄마에게 더 간절한 기도처럼 느껴졌다. 제사를 치르고 나면 할 도리는 다 했다고 안심하는 엄마의 만족감을 방해하고 싶지 않았다. 당신 능력이 부족해서 자식들이 고생한다고 생각하는 분에게 제사는 전통적인 의미를 넘어서는 것이었다. 그렇게라도 엄마에게 위안이 된다면 다행이라고 나도 애써 생각했던 것 같다.

그러다 문득 이런 생각이 들었다.
'왜 우리 조상에게 제사를 지내는 건데 엄마가 요리를 하는 거지?'
봉 씨 조상님들께 정성을 보일 거라면 나나 아버지가 하는 게 나은 거 아닐까? 준비는 조 씨 성을 가진 엄마가 다 하고 절은 나와 아버지만 한다…… 뭔가 이상하다. 내가 조상이라면 절하는 우리를 보면서 혀를 끌끌 찰 것 같다. 좋고 편한 건 자기네들이 다 하고 있다고. 가장 고생한 사람을 제사상에서 가장 먼 곳에 세워두니 봉 씨 후손들에게 복을 주고 싶어도 얄미워서 줄 수 없는 거지.

어쩌면 저세상의 조상들 사이에서도 복을 주는 룰이 있을지도 모른다. 후손들에게 복을 주고 싶다면 직계 가족들이

제사상을 차려야 한다는 룰. 그렇지 않으면 차려준 음식은 먹어도 복은 줄 수 없다는 룰. 나에게 두발 단속 강화라는 시련을 던져주신 것도 설명이 된다. '네가 직접 요리를 해. 너랑 네 아빠가 직접 하라고, 이 멍청이들아!'라는 사인 아니었을까? 혼인을 해서 가족이 되었지만 어쨌든 어머니 조상은 아니고 결국 아버지 조상 아닌가.

제사 음식도 그렇다. 돌아가신 분에게 한 끼 차려드릴 거라면 되도록 그분이 좋아하는 음식을 올리는 게 맞다고 생각한다. 망자들의 입맛이 이렇게까지 똑같다는 건 말이 안 된다. 죽고 나면 입맛이 다 똑같아진다거나 망자들은 전, 나물, 한과 등 제사 음식을 먹어야 소화가 잘 된다거나, 무엇을 떠올려봐도 이상하다. 말도 안 되는 부분들을 생각하고 있자니 내가 점점 바보가 되고 있는 것 같다.

각자의 조상은 각자 챙기는 건 어떨까? 명절이 가족과 함께 보내는 날이라면 여자도 남자도 본인들 집에서 보내면 어떨까? 무엇보다도 조상님들이 언제 줄지 모를 복을 잊고 살면 어떨까? 뭔가 억울하잖아. 나는 충분히 치열하고 열심히 살고 있는데 이미 죽은 사람이 때 되면 음식 차렸다고 갑자기

끼어들어서 선의를 베푸는 것이. 생각해보니 제사라는 게
자기계발서와 비슷한 것 같다. '너 불안하지? 그러니까
이거라도 해!' 같은……. 쳇!

# 아! 그냥
# 잘 살고 싶다

우리 가족은
꽤나 진지합니다

'무엇이든 최선을 다하고 열심히 한다!'

듣기에 참 좋은 표현이고 직접 실천했을 땐 더욱 굉장한
것이라 생각한다. 나 또한 최근까지도 이 말이 옳다고 믿어왔던
1인이다. 그건 아마도 어릴 때부터 그게 맞는다고 학교며
집에서 배워왔기 때문일 것이다. 더군다나 우리나라에서는 왠지
무언가를 설렁설렁한다고 표현하면 큰일 날 것 같은 분위기도
있으니 말이다. 어쨌든 나도 무엇이든 내가 할 수 있는 한도
내에서 최선을 다하며 살았던 것 같다.


근데 요즘 들어 이게 맞는 것인지 모르겠다. 이걸
인생의 중요한 가치관이라고 부르짖는 걸 어릴 때부터 굳이
보고 배워야 하는 건가? 아…… 더더욱 모르겠다. 대체 왜
무슨 일이든 최선을 다해야 하는 거지? 지구를 지키는 슈퍼
히어로한테나 해당될 법한 얘기다. 어쩌면 히어로 본인도
아연실색하며 자기를 너무 몰아붙이지 말라고 볼멘소리를
늘어놓을 수도 있겠다. 나는 두 손 두 발 다 들고 '평범한
인간이라 다행인걸.' 하며 안심할 정도다. '지금까지 거짓말에
가까운 이 얘기에 참으로 많이 휘둘리며 살았구나.' 하며
내 어깨를 두드려주고 싶기까지 하다.

무슨 불만이 가득해서 이런 얘기를 하는 것이 아니다.
최선은 강요의 문제가 아닌 것 같다고 말하고 싶을 뿐이다.
우리나라 사회가 품고 있는 기본적인 태도가 엄숙하기
때문인지는 몰라도 본래 개인의 의지력을 필요로 하는 문제는
개인이 알아서 취향에 따라 선택하면 될 것 같은데 도대체 그걸
왜 사회가 강요하는 건지 모르겠다. 분명 우리 주변에는 사회가
만들어 놓은 객관적 기준으로 봤을 때 열심히 하거나 최선을
다한 것처럼 보이지 않아도 썩 그럴듯한 결과를 만들어 낼
사람도 있을 테니 말이다. 그런 사람에게 단순히 운이 좋았다고
쉽게 깎아내리는 말은 뭔가 그럴듯하지 못하다. 그저 생떼를
쓰는 느낌이 다분하니까.

아마도 사람들은 어떤 근사한 결과물이 나왔을 때
그 과정 또한 그럴듯하길 바라는 것 같다. 마치 어릴 때 읽었던
위인전같이 말이다. 위인전의 주인공은 엄청난 과정을 거친
후에 짠! 하고 위대한 인물이 된다. 누구도 그 과정을 피할
순 없다. 어떤 위인에게도 평탄한 인생은 용납되지 않는다.
그렇지만 한 명쯤 그런 위인이 있어도 되지 않을까?
'어쩌다 보니 뭐…… 위대해졌네요.' 하는.

이 글을 쓰고 있는 나는 어떤가? 내가 걸어온 길을 휙 하고 돌아보니 운 덕분이라고 생떼를 쓰기에도, 그렇다고 최선을 다한 거라고 힘주어 말하기에도 무언가 많이 부족해 보인다. 그저 애매함이라 부르는 지점에 내가 있을 뿐이다. 그냥 그렇게 어느 한쪽으로도 내달리지도 못하고 중간도 아닌 저기 어디 구석진 곳에 우두커니 서 있는 모습이랄까⋯⋯. 그래도 구석진 곳에 자리를 잡은 것으로 보아 분명 어떤 의지를 가지고 움직인 건 맞는데 어쩌다 이곳에 자리를 잡게 됐는지는 모르겠다. 뭐 그래도 내 의지가 보이는 것 같아 안도감이 들긴 한다.

표현에 차이는 있겠지만 나처럼 조심성이 많은 사람은 공간이 사방으로 펼쳐져 있는 중앙보다는 나를 감출 수 있고 때로는 내 몸을 기댈 수도 있는 구석이 훨씬 더 편하다. 이런 나에게 사람들은 아마도 적극적이지 못하다거나, 조금 더 분발해야 하는 것 아니냐고 다그칠지 모른다. 그런데 어쩔 수 없다. 이게 나인 걸. 설사 내가 엄청난 기세로 분발한다고 한들 결국 돌고 돌아 구석에 자리 잡을 것 같다.

이건 어떻게 설명해야 하는 걸까? 결국 개인에게는

본인에게 주어진 고유의 개성이 있다는 것, 그것이 다수와 조금 다르다고 하여도 잘못되거나 틀린 건 아니라는 것. 그건 그냥 어쩔 수 없는 것이다. 그 어쩔 수 없는 것을 가지고 주변에서 호들갑을 떨면서 수군거리거나 다그칠 문제가 아니라는 거지. 앞서 언급한 슈퍼 히어로만 하더라도 그렇다. 정말 부지런한 히어로가 있는 반면에 영화《핸콕》의 주인공 핸콕처럼 '그냥 뭐 될 대로 되라지, 쳇!' 하고 내뱉는 영웅도 존재할 수 있다. 물론 영화에서도 그를 바꿔보려 사람들이 부단히 애를 쓰긴 하지만.

다수가 보기에 좋고 그게 설사 옳다고 해도 개인에게 강요하지 않았으면 좋겠다. 하지만 여전히 마음 한구석엔 '정말 이렇게 설렁설렁해도 괜찮아?'라는 불안함이 자리 잡고 있다. 물론 그렇다고 최선을 다해서 살겠다는 말은 아니다.

다수가 보기에 좋고
그게 설사 옳다고 해도
개인에게 강요하지
않았으면 좋겠다.

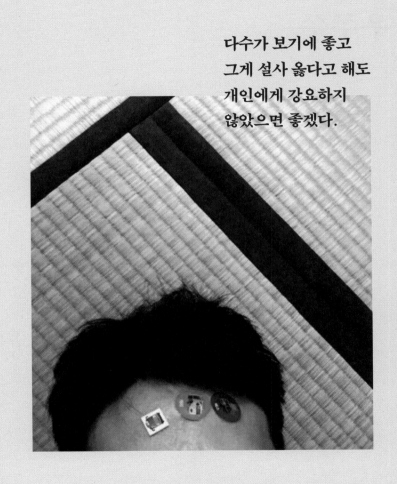

# 마블 DC,
# 우쭈쭈

우리 가족은
꽤나 진지합니다

아이 둘을 돌보느라 영화 관람 같은 문화생활을 도통 하지 못하고 있다. 다행히 세상이 좋아져서 극장에서 개봉한 지 얼마 지나지 않은 영화를 집에서 IP TV로 볼 수 있어 그나마 위안이 된다. 시하를 어린이집에 등원시키고 본비를 재우고, 아주 오랜만에 세상 좋아진 시스템을 만끽하고자 IP TV로 영화를 봤다. 무엇을 볼까 고민하다가 역시 이럴 땐 최신 영화지 싶어 최근에 가장 떠들썩하게 흥행했던 할리우드 영화 〈어벤져스 인피니티 워〉를 빠르게 결제하였다. 두 시간이 넘는 시간 동안 다양한 볼거리와 그동안 축적된 마블의 세계관이 아주 촘촘하게 펼쳐졌다. 솔직히 흠잡을 곳이 없었다. 이런 세계관을 실사 영화로 표현해냈다는 게 경이로웠다.

모두 알다시피 마블코믹스의 라이벌은 DC코믹스다. 영화 산업에서 먼저 두각을 나타낸 건 DC코믹스의 히어로들이었다. 어릴 적 내 기억에도 팀 버튼이 감독을 맡은 〈배트맨〉이 아주 강렬하게 남아 있다. 얼마나 강렬했으면 당시 KBS 코미디 프로그램의 인기 캐릭터였던 맹구도 손가락으로 배트 가면을 만들어 "배트맨!" 하고 외쳐댔을까. 그렇게나 강렬한 인상을 가진 〈배트맨〉은 90년대에 끊임없이 시리즈로 제작됐고 엄청난 흥행도 함께 따라왔다.

지금은 어떤가. 2000년대 들어 크리스토퍼 놀란 감독이 배트맨 시리즈를 화려하게 부활시키며 다시없을 역작으로 연출했지만 딱 거기까지였다. 더 이상의 히트작은 나오지 않았다. DC코믹스의 대표 선수 격인 슈퍼맨도 제대로 힘을 못 쓰고 있으며 올스타가 모두 등장하는 〈저스티스 리그〉는 흥행은 둘째 치고 영화 자체의 완성도부터 형편없다.

추락한 작품성은 DC코믹스가 가장 뼈아프게 생각하는 지점일 것이다. 원작에 있어서도 작품성만큼은 절대 마블에게 뒤지지 않는다는 자부심이 확실할 텐데. 대중적인 인기가 훨씬 많았던 마블코믹스와 차별화되는 지점도 그들의 작품성이었다. 그렇게 DC는 마니아들의 엄청난 지지를 얻어 마블의 라이벌로 자리할 수 있었다. 실사 영화에서 DC 히어로들이 이렇게 밀릴 거라고 누가 생각이나 했을까?

난 마블이 됐든 DC가 됐든 어느 한쪽을 열렬히 응원하는 사람은 아니다. 그저 누군가의 일방적인 독주 체제가 마음에 걸릴 뿐이다. 축구에서도 레알마드리드와 FC바르셀로나가 번갈아가며 맨날 1, 2등 하면 재미가 없잖아. 아틀리코마드리드 같은 팀이 한 번씩 그 둘을 이겨주고 가끔은 리그 우승도 해야 훨씬 재밌는 것처럼.

　　현재 실사 영화에서 마블은 견제 대상이 없는 것 같다.
〈어벤져스 인피니티 워〉에서는 블록버스터만이 할 수 있는
물량 공세에 더해 자신들이 만들어놓은 세계관으로 철학적인
메시지까지 던지고 있다. 이쯤 되면 조금 무서워지기까지 한다.
마블코믹스 영화를 제작하는 월트디즈니의 부사장이
"마블 영화가 칸영화제에서 상 받을 날이 오겠죠"라고 했던
인터뷰가 생각난다. 그들도 알고 있다. 지금이 본인들의
시대라는 걸.

　　그나저나 말하다보니 내가 어떻게든 마블 영화를 트집
잡으려고 애쓰는 것처럼 보인다.
　　"이보시게, 압도적인 단 하나의 존재는 결국 도태하게
되어 있네. 난 그게 심히 염려스러워서 그러는 게야. 난 그게
보여…… 보인단 말일세."

　　제발 앞으로는 더 재미있는 DC의 히어로물이 나왔으면
좋겠다. 오늘처럼 귀하게 찾아오는 한가한 시간에 영화를
보려고 맘먹었다면 '마블을 볼까, DC를 볼까?' 하고 고민하는

순간이 생겼으면 좋겠다. 상상속에서 아이들을 등원시키고
재우고 난 다음 최신 영화를 들여다본다. 두 개의 히어로물이
올라와 있다. DC의 〈저스티스 리그〉와 마블의 〈어벤져스〉.
현실에선 너무나 쉬운 결정이 되겠지만 상상 속에선 잠시라도
어떤 선택이 더 멋질까 고민하고 싶다. 나처럼 생각하는 팬이
있다는 걸 알면 DC는 귀찮겠지? DC코믹스에서 억울해하며
'이봐, 우린 만족하고 있다고! 흥행도 나쁘지 않단 말이야! 다른
사람과 비교해서 더 나아지라는 것처럼 멍청한 말이 어딨어,
이 꽉 막힌 양반아!'라고 비난할 수도 있겠다.

　　아이 둘을 키워야 하는 내 입장에서는 DC코믹스의
저런 투덜거림을 잘 담아두고 있어야겠다. 시하랑 본비 중에
누가 마블 입장이 되고 누가 DC 입장이 될지 모르니깐.
영화 한 편 가지고 이만큼까지 생각할 수 있다니, 나도 배우는
배우인가 보다.

# 우주를 달릴 때도
# 기차다움이란

우리 가족은
꽤나 진지합니다

은하로 만들어진 철로, 그 위를 달리는 기차를 타는 건 어떤 기분일까? 어릴 때 봤던 〈은하철도 999〉라는 만화영화를 보면서 항상 품어왔던 동경이다.

'이럴 수가! 우주를 달리는 기차라니!'

그래서인지 어린 시절의 나는 주인공 철이나 메텔에겐 아무런 관심이 없었다. 호기심을 자극하는 건 단 하나, 우주를 달리는 기차였다. 기차 이름도 '우주 열차 999'라니 우주를 달리는 것 말고 다른 건 애초에 엄두조차 낼 수 없는 이름이다. 지금 생각해보아도 다섯 살의 나를 압도하기에 충분하다.

〈은하철도 999〉라는 만화영화를 모르는 분들을 위해 간단히 줄거리를 설명하자면, 서기 2221년 지구에 메갈로폴리스라는 미래 도시가 있다. 이곳의 부유한 자들은 기계몸에 인간의 정신을 옮겨 영생을 하고 가난한 자들은 보통의 육신을 가지고 천대와 멸시를 받으며 살고 있다. 어느 날 빈민촌에 우주 열차 999를 타고 프로메슘이라는 행성에 도착하면 기계몸으로 무료 개조를 해준다는 소문이 퍼진다. 철이의 어머니는 아들을 프로메슘으로 보내야겠다고 결심하지만 악당 무리에 의해 살해되고, 우여곡절 끝에 철이는 우주 열차 999에 몸을 싣게 된다. 엄마의 복수를 다짐한 채.

매력적인 스토리지만 그래도 우주를 달리는 기차가 훨씬 더 매력적이다. 검은색의 원통 모양을 한 석탄 증기 기관차의 모습을 하고, 뿌연 연기를 내뿜으며 우주를 힘차게 달리는 기차라니…… 어린 시절의 나는 갑자기 궁금해졌다.

'겉모습은 내가 알고 있는 기차가 분명한데 왜 내가 탈 땐 우주로 가지 않는 거지? 만화에 등장하는 우주 열차 999는 정말 오래된 옛날 기차로밖에 보이지 않는데……. 오히려 내가 타는 기차가 훨씬 근사하잖아. 혹시 내가 어리니까 어른들이 쉬쉬하고 기차가 우주로 간다는 걸 비밀로 하는 게 아닐까?'

다분히 음모론적인 생각에 다다르게 되었다.


어떤 음모냐고요? 예를 들면 이런 겁니다.

"기차가 우주로 간다는 걸 애들이 알면 울고불고 떼쓰며 태워달라고 할 거 아냐. 이런 상황이 발생하면 도저히 손쓸 도리가 없어."

"애들을 기다리게 합시다! 어른이 될 때까지! 애들이 어른이 되면 그때 차례차례 한 명씩 태우는 거예요!"

아, 내가 떡국을 두 그릇씩 먹었던 가장 큰 이유가 빨리 어른이 되고 싶어서였는데. 뻔한 결론이지만 어른이 되어도 나에게 은밀히 우주 열차 999의 티켓을 건네는 사람은 아무도

어린 시절의 나는
주인공 철이나 메텔에겐
아무런 관심이 없었다.
호기심을 자극하는 건 단 하나,
우주를 달리는 기차였다.

없었다. 만화는 현실이 아니니깐. 그 와중에 입석표를 받으면 어쩌나 하고 조마조마한 마음이 들었던 건 숨길 수가 없군요.

내가 알고 있는 기차란 모름지기 우주에서도 하얀 연기를 요란하게 내뿜으며 일정한 리듬으로 '칙칙폭폭' 하고 큰 소리를 내고 철로를 내달리는 그런 모습인데 요즘의 고속 열차를 보고 있자면, 겉모습은 훨씬 미래적이지만 반대로 현실감이 없다고나 할까. 역시 기차는 '칙칙폭폭'이라고 생각합니다, 아직까지는.

감사합니다.
이렇게 제 부탁을 들어주셔서.
음…… 지극히 개인적인 일이
사실은 가장 사회적인 담론일 수도
있다고 생각합니다.
제 이야기를 들어주셔서
다시 한 번 감사합니다.

나의 iPhone에서 보냄

# 우리 가족은 꽤나 진지합니다

초판 발행 · 2019년 4월 2일
6쇄 발행일 · 2023년 5월 10일

지은이 · 봉태규
발행인 · 이종원
발행처 · (주)도서출판 길벗
브랜드 · 더퀘스트
출판사 등록일 · 1990년 12월 24일
주소 · 서울시 마포구 월드컵로 10길 56 (서교동)
대표전화 · 02) 332-0931 | 팩스 · 02) 323-0586
홈페이지 · www.gilbut.co.kr | 이메일 · gilbut@gilbut.co.kr
대량구매 및 납품 문의 · 02) 330-9708

기획 · 김지원(jwkim@gilbut.co.kr) | 책임편집 · 허윤정(rosebud@gilbut.co.kr)
제작 · 이준호, 손일순, 이진혁 | 영업마케팅 · 한준희 | 웹마케팅 · 이정, 김선영
영업관리 · 김명자 | 독자지원 · 송혜란

표지 사진 · 하시시 박 | 디자인 · 비수기의 전문가
CTP 출력 및 인쇄 · 예림인쇄 | 제본 · 예림바인딩

ISBN 979-11-6050-733-1 03810 (길벗 도서번호 040129)
정가 13,800원

독자의 1초까지 아껴주는 정성 길벗출판사

(주)도서출판 길벗 | IT실용, IT/일반 수험서, 경제경영, 인문교양
비즈니스(더퀘스트), 취미실용, 자녀교육 www.gilbut.co.kr
길벗이지톡 | 어학단행본, 어학수험서 www.gilbut.co.kr
길벗스쿨 | 국어학습, 수학학습, 어린이교양, 주니어 어학학습,
교과서 www.gilbutschool.co.kr

페이스북 www.facebook.com/thequestzigy
네이버 포스트 post.naver.com/thequestbook